CW00690531

• Gold Edition •

THE RESISTANCE ™

INTRAG Publishing ❧ Los Angeles, USA

Disclaimer

Alle hier dargestellten Personen und Handlungen sind frei erfunden. Eventuelle Übereinstimmungen oder Ähnlichkeiten mit lebenden oder toten Personen oder tatsächlichen Ereignissen sind rein zufällig und unbeabsichtigt.

Alle Rechte an den veröffentlichten Texten liegen beim jeweiligen Autor. Vervielfältigungen zum Zwecke der Weiterveröffentlichung dürfen nur mit ausdrücklicher schriftlicher Genehmigung des jeweiligen Autors und des Verlages erfolgen.

Dies ist ein INTRAG Buch

Herausgegeben bei INTRAG Publishing
www.intrag-publishing.com

Copyright ©2004 Boris Schneider
all Rights reserved
Anhang I – III Copyright ©2004 Michael Schmidt
Anhang IV Copyright ©2004 Stephan Berger
Anhang V, einschließlich Zeichnungen Copyright ©2004 Boris Schneider
Personen- und Stichwortverzeichnis Copyright ©2004 Boris Schneider
Zeichnungen Seite 3, 37 ©2004 Boris Schneider
Zeichnung: „Halle der Finsternis" ©2004 Boris Schneider
Cover Design Copyright ©2004 SMW Enterprise
Los Angeles, USA

All rights reserved under International and Pan-American Copyright Conventions. Published in the United States by INTRAG Int'l, Los Angeles.

www.arosh-thar.com

ISBN 1-933-14004-6

Manufactured in the United States of America

Band 5

Arosh Blatt

Boris Schneider

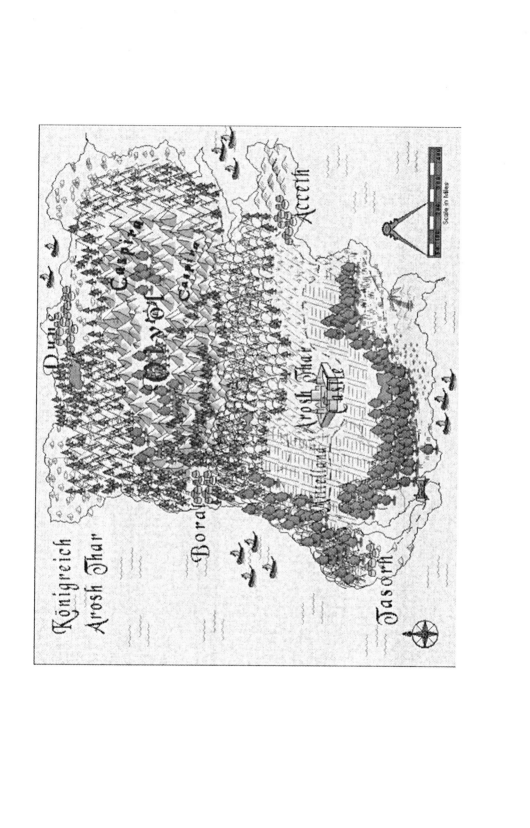

HALLE DER FINSTERNIS

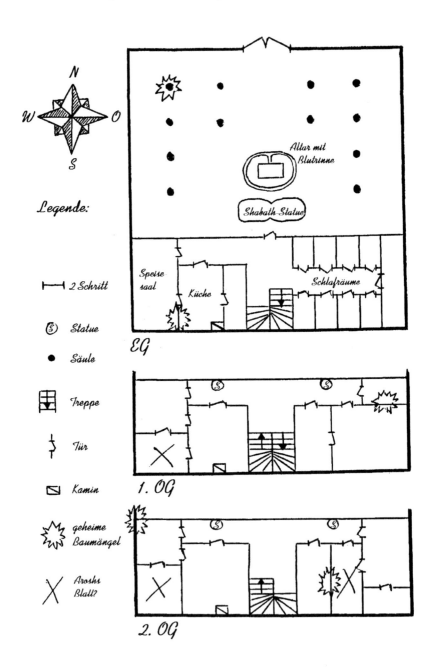

N
W   O
S

Legende:

⊢━┤ 2 Schritt

Ⓢ Statue

● Säule

⊞ Treppe

⌇ Tür

▱ Kamin

✺ geheime Baumängel

✕ Aroshs Blatt?

Altar mit Blutrinne

Shabath Statue

Speise saal   Küche   Schlafräume

EG

1. OG

2. OG

1. Kapitel

INS OFFENE MESSER

Amring war wütend, er verzehrte sich vor Hass. Und das Schlimmste von allem war, dass er zu einem Teil sich selbst hasste.

Wie hatte ihm das nur passieren können?

Alle um ihn herum hatten seinen Zorn schon zu spüren bekommen. Er drangsalierte seine Untergebenen. Auspeitschungen oder andere grausam harte Strafen waren seit einigen Monaten an der Tagesordnung. Manchmal reichte schon ein verschmitztes Lächeln als Vergehen.

Am schrecklichsten traf es die Krieger, die Zeuge seines Versagens geworden waren. Wenn er damals nicht auf ihre Hilfe angewiesen gewesen wäre, hätte er sie wahrscheinlich schon eigenhändig auf diesem verfluchten Druidenhügel gemeuchelt. Das hätte er wundervoll dieser Hexe in die Schuhe schieben können. Es verstimmte ihn, dass sie so edelmütig gewesen war, sie alle am Leben zu lassen. Es war so erniedrigend gewesen, wie sie ihn an einem Feuer aufgetaut hatten. Noch jetzt sah er im Geist ihre grinsenden Gesichter vor sich. Und er hatte nichts tun können, weil seine Kiefer vor Kälte geklappert hatten und seine Glieder vom Frost starr gewesen waren. Nyviens Eiszauber hatte ihn unvorbereitet und mit voller Wucht getroffen. Er konnte von Glück sagen, dass er mit einer fiebrigen Erkältung davon gekommen war. Die Krieger hatten ihn zu Fuß zurück zu dem Weiler schleifen müssen, weil die Magierin ihre Pferde mitgenommen hatte. Dann war er gezwungen gewesen eine geschlagene Woche in der Bruchbude des Ortsvorstehers zu verbringen, wo ihn eine sabbernde alte Vettel gepflegt hatte. Vor Zorn schlug er mit der Faust auf den Tisch, dass der Federkiel aus dem Fass hüpfte. Amring erinnerte sich abermals an die Schmerzen in den Oberarmen, die immer mehr zugenommen hatten, als sein Fleisch allmählich wieder aufgetaut war.

Diese Hexe hatte die Schlangentätowierungen an seinen Schultern herausgeschnitten. Immer wenn es kalt wurde, pochten die hässlichen Narben und erinnerten ihn an seine Niederlage. Schmerzen, Nyvien würde all die Schmerzen zu spüren bekommen, die sich ein Mensch nur ausdenken konnte. Wenn er sie hatte …, ja, … wenn er sie erst einmal hatte.

Ganz plötzlich schoss eine Idee durch seinen Kopf. Ein grausames Lächeln huschte über seine Gesichtszüge. Er begann zu lachen. Ja, so würde er es machen! Er würde ihr eine Falle stellen. Es war ein großer Vorteil, dass er Nyvien so gut kannte. Sie waren schließlich lange Jahre ein Paar gewesen. Oh ja, dem würde sie nicht widerstehen können, da war er sich sicher. Er klatschte vor Freude in die Hände. Allerdings würde er sich Shabaths Erlaubnis einholen müssen, aber das sollte eigentlich keine Probleme geben. Er wusste, dass der Meister nicht viel von diesem Schnickschnack hielt. Nein, Shabath waren solche Dinge egal, aber seiner Jugendfreundin bedeuteten sie sehr viel.

* * *

„Wir müssen wissen, was er genau mit den Druiden vor hat", sagte Nyvien. „Warum lässt er sie mit so großem Aufwand jagen und kerkert sie in Dune ein?"

„Soll er doch ruhig die Druiden jagen", entgegnete Leathan. „So lange er mit denen beschäftigt ist, lässt er uns halbwegs in Ruhe!"

„Leathan!"

„War ja nur ein Scherz! Natürlich beunruhigt mich das auch, wenn der Dunkelfürst sich so auf etwas versteift, aber bloß weil dein ehemaliger Gefährte jetzt auf Druidenjagd geht, brauchst du nicht gleich jeden Priester ans Händchen zu nehmen."

Nyvien grinste wehleidig. Manchmal hasste sie Leathans Art. Er war der Einzige, dem sie es erlaubte, so mit ihr zu reden, und das auch nur, wenn sie allein waren. Aber vielleicht hatte er ja Recht. Vielleicht überreagierte sie ein wenig. Nun, ein ungutes Gefühl hatte sie bei der Sache trotzdem. Resigniert zuckte sie mit den Schultern und griff sich einen Falti-Fladen: „Vielleicht hast du ja Recht, aber mir wäre wohler, wenn du die Sache im Auge behalten würdest."

„In Ordnung. Du weißt, ich gebe viel auf deine Meinung. Ich verspreche dir, dass ich versuchen werde, mehr über Shabaths Pläne mit den Druiden herauszufinden. Aber jetzt lass uns von etwas anderem reden. Wie lange wirst du bleiben? Ich habe Informationen über einen schlecht bewachten Goldtransport von den Minen, den wollen wir uns vornehmen. Da könnten wir deine Hilfe gut gebrauchen."

Die Magierin schüttelte den Kopf: „Nein, ich wollte dir nur rasch die Sache mit den Druiden mitteilen. Morgen muss ich weiter. Ich ..."

In diesem Moment öffnete sich die Zeltplane und ein junger Krieger schaute herein: „Kommandant? Entschuldigen Sie, dass ich störe, aber eben ist mein Vater mit einer Nachricht eingetroffen. Er sagt, es sei wichtig."

Leathan schaute fragend zu Nyvien, die ihm kurz zunickte.

„Ja, schick ihn rein, Cewen!", gab der junge König den Befehl.

Der Krieger verschwand und kehrte bald darauf mit einem älteren Mann zurück, den Nyvien noch nie bei den Rebellen gesehen hatte. Er machte eine schüchterne Verbeugung, wie es sich nach alter Tradition vor einem Adligen gehörte. Auch Leathan schien den Mann nicht zu kennen.

„Nimm dir einen Fladen und einen Schluck Bier und dann sprich, guter Mann!", sprach ihn Leathan an. Der Alte trug die einfache Kleidung eines Handwerkers. Er wirkte selbstbewusst, war aber offensichtlich den Umgang mit Leuten höheren Standes nicht gewohnt. Leathan lächelte ihn auffordernd an. Unsicher trat der Mann näher, nahm einen der Bierhumpen und tat einen tiefen Zug. Dann begann er: „Danke Herr, Ihr seid zu gütig. Glidon schickt mich. Ich soll Euch ausrichten, dass eine der großen Reliquien gesehen wurde und dass sie sich ganz in der Nähe befindet!"

Nyvien wurde plötzlich hellhörig: „Welche Reliquie?", fragte sie.

„Das Blatt Aroshs!"

„Aroshs Blatt? Seid Ihr Euch sicher? Es ist seit der Tempelschändung verschollen. Es heißt, Shabath habe es sich nach Dune bringen lassen, um sich damit den Hintern abzuwischen. Nicht, dass wir ohnehin schon wüssten, was er von unserem Glauben hält." Nyvien schüttelte es vor Abscheu.

„Als ich es gesehen habe, war es noch immer rein und weiß."

„Ihr habt es gesehen?"

„Ja, mit eigenen Augen. Deshalb schickt Glidon ja auch mich. Er hat mir sogar eines seiner Pferde geliehen, damit ich schneller herkommen kann. Ich bin sicher, dass es das echte Blatt war. Als Aroshi spürt man so etwas. In den Meisten von uns ist der Glaube noch immer sehr stark! Und außerdem war ich früher einmal im Tempel und habe dort meine Prophezeiung erhalten. Es hat mir vorhergesagt, dass meine Frau gewaltsam sterben würde", fügte er traurig hinzu. „Ich habe es ihr nie erzählt, aber nach dieser Prophezeiung, habe ich die Dienste des Blattes niemandem mehr empfohlen. Meine Frau starb bei der Invasion."

„Wo hast du es gesehen?", fragte Nyvien ganz nervös.

Die heiligste Reliquie ihres Tempels schien in greifbarer Nähe.

„Sie haben es mit großem Brimborium in diese abscheuliche Halle der Finsternis gebracht, in der sie den Dunkelfürsten verehren. Dort soll es zum nächsten Neumond verbrannt werden, als Zeichen des Sieges von Shabath über Arosh."

Der Alte schwieg und in Nyvien tobten die Gefühle.

Das Blatt Aroshs gab es noch! Es war eine Freude, das zu hören. Aber wenn sie nichts unternähme, wäre es bald für immer verloren. Bis zum Neumond waren es noch knapp drei Wochen; eine würde sie brauchen, um nach Arosh Thar Castle zu gelangen, dann blieben ihr noch zwei Wochen Zeit, sich etwas zu überlegen.

Leathan bemerkte ihre Unruhe: „Es ist eine Falle! Du denkst doch hoffentlich nicht daran, das Blatt zu holen!", warnte er sie.

Nyvien war aufrichtig empört: „Und wenn es zehntausendmal eine Falle wäre, so lange es das echte Blatt ist, ist es das wert! Weißt du überhaupt wie nützlich es unserer Sache sein könnte?"

„Betrachte die Angelegenheit doch mal nüchtern. Wir sind bis jetzt ohne Aroshs Blatt ausgekommen und die Welt wird nicht untergehen, wenn sie es verbrennen. Du hast es doch bisher auch für verloren gehalten."

„Leathan, du verstehst es nicht. Ich kann darüber Arosh befragen. Er könnte uns Tipps geben, wie wir Shabath besiegen können."

„Du meinst, es wird wirres Zeug erscheinen, das man ohnehin erst versteht, wenn es schon zu spät ist. Was hat uns Aroshs Blatt in der Vergangenheit denn gebracht?"

„Es hat zum Beispiel die Hungersnot im 345. Haus, im Zeichen des schwarzen Drachens vorhergesagt."

„Du meinst nicht etwa die, in der dann ein Viertel der damaligen Bevölkerung verhungert ist?"

„Das wäre bestimmt nicht passiert, wenn man auf die Hohepriesterin gehört und vorher Vorräte angelegt hätte", entgegnete Nyvien trotzig.

„Ja, und dann hat es noch den gewaltsamen Tod der Frau dieses armen Mannes prophezeit. Wenn man da vorher drauf gehört hätte, hätte man Shabaths Invasion sicher verhindern können", sagte Leathan voller Sarkasmus. „Es hat uns nicht vor dem Dunkelfürst gewarnt, was soll es uns dann in Zukunft nutzen? Nyvien, das Ganze stinkt nach einer Falle!"

„Das ist mir egal! Ich bin schließlich eine Hohepriesterin Aroshs und sein Blatt war einmal meinem Tempel anvertraut gewesen. Ich trage die Verantwortung, wenn es vernichtet wird. Wenn du mir nicht helfen willst, mache ich es eben allein!"

„Vielleicht würde ich dir sogar helfen", lenkte Leathan ein, „aber du weißt, dass wir hinter diesem Goldtransport her sind. So eine Gelegenheit bietet sich uns vielleicht nicht wieder. Ich habe ganz einfach nicht die Zeit! Wir brauchen das Gold mehr als dieses Blatt! Nyvien, überleg es dir gut!"

„Da gibt es für mich nichts zu überlegen! Morgen breche ich auf nach Arosh Thar Castle! Werdet Ihr mich begleiten?", wandte sie sich entschlossen an den Boten.

Der ältere Mann war voller Verblüffung dem Wortwechsel gefolgt. Er hatte noch nicht einmal einen zweiten Schluck aus seinem Bierkrug genommen. Jetzt nickte er: „Selbstverständlich, Herrin. Es wird mir eine Ehre sein. Ich wollte ohnehin schnellstmöglich wieder zurück!"

Leathan versuchte nicht weiter, Nyvien umzustimmen. Wenn sie einmal einen Entschluss gefasst hatte, konnte sie sehr stur sein. Sie würde schon irgendwie zurecht kommen.

Nyviens Begleiter hieß Pralew. Er war Zimmermann und der Vater von Cewen, einem jungen Aroshi, der sich den Widerstandskämpfern um Leathan angeschlossen hatte. Pralew war sehr stolz auf ihn.

„Ich würde ja selber kämpfen", sagte er, „wenn ich nicht schon zu alt wäre, um noch das Handwerk eines Kriegers zu erlernen. Außer mit meiner Axt, vermag ich mit keiner Waffe umzugehen. Cewen ist da anders. Nach dem Tod seiner Mutter war er wie besessen. Hat jeden Tag mit einem Holzstecken als Schwert geübt. Er bewundert Leathan und ist stolz, an dessen Seite kämpfen zu dürfen."

Während ihres Rittes entwarfen Nyvien und Pralew einen rudimentären Plan. Es war beiden klar, dass die Magierin nicht einfach in die Halle der Finsternis spazieren und das Blatt Aroshs herausholen konnte. Sie wussten ja nicht einmal, wo im Inneren es sich genau befand. Der Plan sah vor, dass Nyvien sich als Bäuerin verkleiden würde. So könnte sie als eine entfernte Verwandte, die zu Besuch war, bei Pralew unterkommen. Auf diese Weise dürfte sie keinen Verdacht erregen und könnte unauffällig die Lage auskundschaften.

Der Zimmermann war seinerzeit gezwungen worden, beim Umbau der Tempelüberreste in die Halle der Finsternis mitzuhelfen. Daher kannte er sich recht gut in dem Gebäude aus und konnte Nyvien viele Dinge beschreiben. Wenn sie abends in einem Gasthaus Rast machten, versuchten sie gemeinsam aus Pralews Erinnerung eine Grundrisszeichnung der Halle zu erstellen. Es war natürlich nur ein Anhaltspunkt, aber besser als nichts.

Die Zwangsarbeit an der Halle der Finsternis war eine Tortur gewesen. Wer nicht spurte, wurde ausgepeitscht und Bezahlung gab es selbstverständlich ebenfalls keine. Die Arbeiter konnten froh sein, wenn man ihnen abends einen trockenen Fladen hinwarf. Trotz der unmenschlichen Behandlung, die er erduldet hatte, musste Pralew oft grinsen, wenn er davon erzählte:

„Wann immer die Aufseher nicht hinsahen, haben wir gepfuscht", sagte er. „Manchmal ist es aufgefallen und einer von uns wurde ausgepeitscht" – er zuckte in Erinnerung daran zusammen – „aber wir haben es trotzdem immer wieder getan. Ja, das Gebäude steht, aber einige Stellen gibt es, wenn da einer kräftig gegentritt, kann es passieren, dass einem die Decke auf den Kopf fällt!"

Immer wenn Pralew eine solche Bemerkung fallen ließ, machte Nyvien einen Vermerk auf der wachsenden Grundrisszeichnung. Obwohl sie die Halle der Finsternis selbst nie betreten hatte, bekam sie so mehr und mehr ein Bild von ihr. Sie lernte auch ihren Begleiter schätzen. Pralew war ruhig und verlässlich, zwar nicht gebildet, aber intelligent. Mittlerweile war sie sich sicher, dass er tatsächlich Aroshs Blatt gesehen hatte. Sie würde es auch spüren, wenn sie in die Nähe der Reliquie kam, da war sie sicher.

Je näher sie Arosh Thar Castle kamen, desto unruhiger wurde Nyvien. Als die Stadttore nur noch einen Tagesmarsch entfernt waren, machten sie auf einem Bauernhof Halt, von dem Pralew wusste, dass die Bewohner vertrauenswürdig waren. Die Bauersfrau war nicht eben davon angetan, eine ihrer Garnituren an die Magierin abzugeben, aber als sie hörte, was Nyvien damit vorhatte, willigte sie doch ein. Nyviens Stute ließen sie im Stall der Aroshifamilie, da eine reitende Bäuerin nicht eben die beste Verkleidung war. Pralew ritt noch am gleichen Tag weiter. Nyvien würde einen Tag später zu Fuß aufbrechen.

* * *

Am nächsten Morgen schlüpfte sie in die saubere und einfache Kleidung der Bäuerin. Eine weiße Bluse mit blauen Stickereien, ein weiter Rock mit zwei Lagen und eine praktische Schürze darüber, ließen die alte Nyvien verschwinden. Ihre Stiefel trug die Magierin aber weiter. Mit dem Stiefelmesser in Griffweite fühlte sie sich auch viel sicherer. Ihren Dolch und ihre Elixiere verstaute sie im Rucksack und ihr Amulett verbarg sie unter der Bluse. Alles andere ließ sie zurück.

Die Sonne stand noch nicht hoch am Himmel, als Nyvien schließlich aufbrach. Als sie ihr Spiegelbild im Wasser der Viehtränke betrachtete, kam sie sich seltsam vor. Wie sehr die Kleidung einen Menschen doch verändern konnte. Allein das Muttermal auf ihrer Wange machte ihr ein wenig Sorgen. Na, es würde sich zeigen wie bekannt die Hohepriesterin Aroshs in Arosh Thar Castle war.

Am Abend passierte sie das Stadttor. Die Wachen hatten nur einen müden Blick für sie übrig. Nyvien war froh, dass sie endlich da war. Ihre Füße waren schwer. Welchen Komfort ein Pferd bedeutete, merkte man erst, wenn man darauf verzichten musste. Nach Pralews Beschreibung fand sie sein Haus ohne Probleme. Eigentlich war es mehr eine Hütte als ein Haus. Bevor sie anklopfte warf sie einen Blick hinauf zum Mond, der gerade aufging. Er war nicht mehr halbvoll. Etwas mehr als eine Woche blieb ihr noch. Hoffentlich würde das ausreichen.

Pralews Behausung passte zu ihm, schlicht und zweckmäßig, aber trotzdem nicht ungemütlich. Wie bei einem Zimmermann nicht anders zu erwarten, war ein Großteil der Hütte aus Holz.

Pralew hatte Nyvien schon erwartet und eine warme Mahlzeit vorbereitet. Dankbar schaufelte die Magierin die dampfende Filiolsuppe in sich hinein. Danach gingen sie noch einmal kurz die Grundriss-Zeichnung durch, aber der lange Tag auf den Beinen hatte Nyvien mehr erschöpft als sie gedacht hätte. So legten sie sich früh schlafen.

Am nächsten Morgen gingen sie gemeinsam zur Halle der Finsternis. Von Pralews Hütte aus war sie in wenigen Minuten zu Fuß zu erreichen. Es war ein monströses, furchteinflößendes Gebäude, das über alle anderen, mit Ausnahme des eigentlichen Schlosses, hinausragte. Es wirkte zu glatt und zu neu für die ansonsten noch weitgehend zerstörte Stadt. Wie ein schwarzes Krebsgeschwür, ragte es in den blauen Himmel.

Pralew führte Nyvien einmal um das Gebäude herum. Es war ein großer fensterloser Klotz, der von allen Seiten ohne jegliches Muster mit schwarzem Schiefer beschlagen war. Im Norden gähnte die einzige Öffnung, die die Halle besaß. Die beiden doppelt mannshohen Türen aus schwarzem Stahl konnten geschlossen werden und damit jegliches Licht aussperren. Die dunklen Schemen zweier Wachen waren im Inneren zu erkennen. Pralew verabschiedete sich dann von seinem Gast, um seinem Tagwerk nachzugehen, das er wegen dieser Geschichte ohnehin schon zu lange vernachlässigt hatte.

„Viel Glück!", sagte er schlicht und verschwand in der Menge.

Nyvien schlenderte ziellos über den Markt und behielt dabei unauffällig die Halle im Auge. Sehr bald fiel ihr aber schon auf, dass kaum jemand den schwarzen Klotz betrat. Die meisten Aroshi machten einen großen Bogen um das Gebäude. Und wenn tatsächlich einmal einer hineinging, so wurde er von allen mit abschätzigen Blicken bedacht. Nyvien hatte den Eindruck, dass diejenigen, die das Gebäude betraten, auch nur kamen, weil sie etwas für die Insassen lieferten. Shabath hatte nicht eben viele Gläubige, ein Umstand, der ein unbemerktes Eindringen nicht gerade begünstigte.

Einmal fiel ihr eine Gestalt in einer schwarzen Robe auf, die die Halle verließ. Das sah ihr ganz nach einem Priester aus. Die Robe war über und über mit goldenen Spiralfäden durchzogen. Wenn man die Augen nicht schnell genug wieder abwandte, konnte einem bei dem Anblick regelrecht schwindlig werden. Eine vergoldete Maske bedeckte das Gesicht. Diese trug makellose Züge mit einem Ausdruck, der grausame Kälte vermittelte. Die dunklen Schlitze für die Augen schienen einen zu fixieren und bis ins Innerste zu durchleuchten. Für die Priester galt prinzipiell das gleiche wie für ihren Tempel, die Leute machten einen Bogen um die Maskenträger und ignorierten sie ansonsten völlig.

All diese Beobachtungen genügten Nyvien für den ersten Tag. Es galt, nicht überstürzt zu handeln, denn noch hatte sie ja Zeit. Am frühen Nachmittag zog sie sich in Pralews Haus zurück und wälzte Gedanken, während sie auf ihre selbst gemachte Grundrisszeichnung starrte. Es schien, als gäbe es nur zwei Möglichkeiten, um in die Halle zu gelangen, entweder als Lieferant oder als Priester verkleidet. Das Problem war, dass sie weder vom einen noch vom anderen genau wusste, was im Inneren der Halle von ihm erwartet wurde. Je länger sie darüber nachdachte, umso besser geeignet erschien ihr die

Priesterkutte. Die weite Robe würde ihre weiblichen Formen verbergen und die Maske ihre auffällige Narbe. Sie beschloss, Pralew zu fragen, was er davon hielt.

Der Alte war nicht wirklich begeistert, hatte aber selbst auch keine bessere Idee vorzuweisen: „Wenn du dich als Priester verkleidest, hast du immerhin Zugang zu jedem Raum im Tempel. Als Lieferant ist das sicher nicht der Fall. Andererseits hättest du mit deinem Aufzug als Bäuerin schon das passende Aussehen für einen Lieferanten."

Der folgende Morgen brachte der Magierin keine weiteren Offenbarungen. Nichts war anders als am Vortag. Den einzigen Lichtblick bot der Priester, der wieder in etwa um die gleiche Zeit die Halle verließ. Ob er das jeden Tag tat? Nyvien beschloss diesmal zu warten, bis er wiederkam. Nach zwei Stunden wurde ihre Geduld belohnt. Auch am nächsten Tag wiederholte sich diese Routine.

Ihren vierten Tag in Arosh Thar Castle widmete sie den Lieferanten. Nachdem diese die Halle verlassen hatten, begleitete sie diese ein wenig und unterhielt sich mit ihnen. Die meisten brachten Lebensmittel und kannten nur einen kleinen Teil des Gebäudes. Es war von ihren Gesichtern abzulesen, dass sie keine Ambitionen hatten, mehr vom Tempel kennen zu lernen. Sie waren froh, wenn sie den Weg bis zu den Lagerräumen oder der Küche und wieder zurück hinter sich gebracht hatten. Die Halle der Finsternis war kein Ort, der zum Verweilen einlud.

Am Eingang meldete man sich bei der Wache. Wenn man sich auskannte, wurde man allein auf den Weg geschickt. Da alle den Tempel möglichst schnell wieder verlassen wollten, hatte keiner ausprobiert, was passierte, wenn man zu sehr trödelte. Nyvien ließ sich den Weg zur Küche und das entsprechende Procedere mit dem zuständigen Priester beschreiben. Zu ihrer Freude stellte sie fest, dass die Angaben mit denen auf ihrer Grundrisszeichnung übereinstimmten.

Am späteren Vormittag traf sie die Frau, die täglich frische Backwaren in den Tempel brachte. Sie machte auf Nyvien einen sehr sympathischen und verlässlichen Eindruck. Impulsiv schlug sie der Frau nach einem kurzen Gespräch vor, am nächsten Tag ihre Aufgabe zu übernehmen. Darauf starrte sie die Magierin mit verwirrt fragender Miene an. Wie konnte jemand freiwillig diesen ekelerregenden schwarzen Klotz betreten wollen? Schließlich nickte sie aber und die beiden verabredeten einen Zeit- und Treffpunkt. Nyvien war sich nicht sicher, ob sie das Richtige getan hatte. Wieder einmal hatte sie aus dem Bauch heraus entschieden. Sie konnte zwar nicht sagen warum, aber die Brot-Lieferantin war ihr plötzlich viel besser erschienen, als dieser seltsam regelmäßig ausgehende Priester.

Pralew hielt sich auch an diesem Abend mit einem Kommentar zurück. Den größten Teil des Abends verbrachten sie damit, sich eine gute Tarnung für das verräterische Muttermal auf Nyviens Wange zu überlegen. Da ihnen aber nichts rechtes einfallen wollte, beschloss die Magierin schließlich, es einfach darauf ankommen zu lassen. Wahrscheinlich würde ein Versuch es zu verbergen verdächtiger wirken, als wenn sie es einfach stolz zur Schau trug. Der Zimmermann kam schließlich noch auf den Gedanken, dass man die Aufmerksamkeit von dem kleinen Fleck ablenken könnte, wenn es etwas noch Auffälligeres gäbe. Nyvien nickte bewundernd. Nach kurzer Überlegung schlug sie dann einen Knutschfleck am Hals vor und blickte dabei Pralew ins Gesicht. Trotz seiner Jahre wurde der alte Mann rot. Schließlich willigte er ein, aber nur mit dem Kommentar, dass seine Frau unter den gegebenen Umständen sicherlich damit einverstanden gewesen wäre. Als sich dann später auf Nyviens Haut ein bläulicher Abdruck geformt hatte, glänzten seine Augen vor lang vergessenen Erinnerungen, so wie sie es in seiner Jugend getan haben mussten. Sie saßen danach noch lange zusammen und redeten über die Vergangenheit. Pralew erzählte ihr das erste Mal etwas mehr von seiner Frau, ihren geliebten kleinen Macken, von den wichtigen und unwichtigen Dingen, die sie gemeinsam erlebt hatten. Nyvien spürte, dass er sie sehr geliebt hatte. Sie merkte aber auch, dass ihm das Reden nun half, sie loszulassen. Die Magierin war ihm eine sehr gute Zuhörerin.

Bevor sie zu Bett gingen, schauten sie noch ein letztes Mal gemeinsam auf ihre Grundrisszeichnung. Es gab viele Räume, aber Pralew zeigte Nyvien die drei, in denen Aroshs Blatt am wahrscheinlichsten zu finden sein würde.

*

Zeitig erschien die Magierin am nächsten Morgen am ausgemachten Treffpunkt am Rand des Marktes. Sie trug ihre Bauernverkleidung nun schon so lange, dass sie sich gut daran gewöhnt hatte. Trotzdem war sie nervös. Heute würde sie sich in die *Halle des Löwen* wagen. Sie rief sich noch einmal alle Einzelheiten ihrer Grundrisszeichnung ins Gedächtnis und tastete unbewusst immer wieder nach dem Plan und ihrem Amulett. Beides trug sie versteckt unter der Bluse. Arosh würde ihr schon beistehen.

Die Bäckergehilfin war pünktlich. Ohne viele Worte übergab sie den Korb mit den Fladen. „Ich warte hier, bis du wieder da bist", war alles was sie sagte.

Als Nyvien endlich auf dem Weg war, ließ ihre Nervosität nach. Als klar wurde, dass sie in die Halle der Finsternis wollte, geschah mit den Umstehenden etwas Seltsames. Die vormals freundlich neutrale Menge starrte sie verachtend an. Sie hörte wie ein dürrer Mann mit der Kleidung eines Schlotfegers die Nase hochzog, um dann vor ihr auf den Boden zu rotzen. Nyvien musste unwillkürlich den Blick senken. Plötzlich kam es ihr vor, als täte sie etwas Verbotenes. Allmählich wurde ihr bewusst, warum sie so wenig Überredungskunst gebraucht hatte, um diese Aufgabe übernehmen zu dürfen. Sie blickte zurück zu der Bäckergehilfin und sah wie diese verstehend nickte. Als sie sich wieder umdrehte, wäre sie beinahe über ein sehr altes Männlein gestolpert, das ihr in den Weg getreten war. Seine Gesichtshaut war sonnengebräunt und so faltig wie ein vertrockneter Apfel. Die kleinen Augen, die daraus hervorstachen, waren durchdringend und doch resigniert, so als hätten sie mehr gesehen als gut für sie gewesen war. Täuschte sie sich, oder hatte der Mann ihr gerade zugeblinzelt?

Sie wollte mit einem großen Schritt an ihm vorbeieilen, aber er trat ihr erneut in den Weg und klammerte sich mit einer erstaunlich kräftigen Hand an ihrem Rock fest: „Wertes Fräulein, ich kann Euch ein einmaliges Angebot machen!"

Er hielt ihr ein altes Pergament hin. Nyvien war zu verdutzt, um sich gegen die Aufdringlichkeit zur Wehr zu setzen. „Danke! Kein Interesse!", sagte sie betont abweisend und starrte ihn böse an.

„Seid Ihr Euch sicher, wertes Fräulein? Ich weiß genau, dass Ihr dies hier – er wedelte wie wild mit dem Pergament – sehr gut gebrauchen könnt, glaubt mir!"

Seltsamerweise überkam Nyvien das Gefühl, dass ihr dieses Pergament tatsächlich irgendwie helfen könnte. Sie löste ihren Blick von den kleinen Äuglein und schüttelte den Kopf. So einfach ließ sie sich nicht hereinlegen. Sie hatte jetzt wirklich genug andere Sorgen, um sich auch noch mit einem penetranten Händler aufhalten zu können. Unsanft riss sie sich los und ignorierte das zappelnde Männlein. „Nein danke!" Sie schrie ihn fast an.

„Halt Nyvien!" Die Stimme des Alten klang plötzlich befehlend. Erschrocken fuhr die Magierin herum. Woher kannte der Händler ihren Namen?

„Was habt Ihr da gerade gesagt?"

„Ich sagte: Halt, ich muss niesen!", erwiderte das Männlein mit erneut ruhiger Stimme und einem Augenzwinkern. Einen winzigen Augenblick später wurde es von einem enormen Niesen geschüttelt.

„Überlegt es Euch gut, wertes Fräulein. Es ist wirklich nicht teuer!" Mit diesen Worten vertrat ihr der Alte erneut den Weg. Nyvien war verunsichert.

„Was soll es kosten?", fragte sie schließlich, einfach nur um das lästige Männlein endlich los zu werden. Die Leute wurden schon aufmerksam.

„Einen Arbath!"

Das war wirklich nicht viel, egal um was für ein Pergament es sich handelte. Um endlich ihre Ruhe zu haben, nestelte sie das Geld hervor und drückte es dem Mann in die Hand.

„Eure Wahl war weise", sagte dieser und übergab ihr das Pergament. Dann war er so schnell, wie er gekommen war, auch schon wieder verschwunden. Nyvien seufzte erleichtert und warf einen kurzen Blick auf das Papier. Es zeigte alte elfische Runen. Das erste Wort bedeutete Maus. Die Magierin in Nyvien wurde neugierig, aber die Hohepriesterin in ihr schüttelte nur den Kopf. Dafür hatte sie jetzt wirklich keine Zeit. Sie stopfte das Pergament zu der Grundrisszeichnung und eilte weiter auf die gähnende Öffnung im schwarzen Würfel zu.

Verborgen im Halbdunkel des Einganges standen zwei Wächter. Beide trugen schwarze Gewänder und goldene Masken. Im Gegensatz zu dem Wander-Priester waren die Wachen jedoch bewaffnet. Sie hielten Speere in den Händen und Schwerter steckten in Scheiden am Gürtel.

„Hallo. Wen haben wir denn hier?", hielt sie der eine auf. Nyvien spürte, wie er sie durch die Schlitze in der Maske aufmerksam musterte. „Hattest wohl eine heiße Nacht, Kleines", spielte er auf ihren Knutschfleck an. „Wenn du Lust hast, ich hätte heute Abend noch nichts vor!"

Nyvien zwang sich, albern zu kichern, obwohl sie viel lieber kräftig zwischen die Beine des Kerls getreten hätte.

„Bist das erste Mal hier, oder? Soll ich dir den Weg zeigen? Dann könnten wir gleich jetzt deine sakrale Initiation vornehmen." Diesmal war es der Wächter der lachte, aber weniger albern als viel mehr dreckig.

„Nein!", log Nyvien. „Ich war schon zweimal hier. Und im Gegensatz zu dir, erinnere ich mich an dein Gesicht!"

Der Wächter war einen Moment sprachlos, wurde aber dann wütend: „Was glaubst du, wen du hier vor dir hast, du kleines Biest?"

Bevor er jedoch handgreiflich werden konnte, hielt ihn die zweite Wache auf, die wegen des Maskenwitzes in schallendes

Gelächter ausgebrochen war: „Lass sie, Arnwulf! Es ist doch herzerfrischend, mal jemanden mit ein bisschen Mumm in den Knochen zu treffen. Aber jetzt sieh zu, dass du deine Brote in die Küche bekommst!"

Bevor es sich die beiden noch anders überlegten, eilte Nyvien zwischen ihnen hindurch und verschwand im Dunkel. Als sie außer Reichweite war, hielt sie an und wartete bis sich die Augen an das Dämmerlicht gewöhnt hatten. Dabei rief sie sich den Plan des Gebäudes in Erinnerung. Zuerst musste sie durch die große Halle. Danach ging es durch eine Tür in den Wohnbereich der Priester. Dort war vermutlich Aroshs Blatt verborgen. Jetzt, wo sie daran dachte, spürte sie förmlich, dass es in der Nähe war. Sie hatte die Empfindung, als würde es nach ihr rufen. Pralew hatte Recht gehabt. Man konnte fühlen, dass die Reliquie tatsächlich hier war.

Vorsichtig machte sie sich auf den Weg, den Brotkorb dabei abwehrend vor sich ausgestreckt. Das einzige Licht kam von einigen Kerzen, die in der Ferne einsam flackerten. Die Luft war eisig und ein seltsames Heulen hallte dumpf von den hohen Wänden. Es klang als würde jemand gefoltert.

Vielleicht war das ja tatsächlich der Fall, dachte sie. Die kleinen Härchen auf ihrer Haut stellten sich bei dem Gedanken auf.

Die Schar der Gläubigen hielt sich auch hier in Grenzen. Genaugenommen war nicht ein einziger Mensch zu sehen. Nur beängstigende Schatten flackerten durch den Raum. Wo immer die Lichter etwas erkennen ließen, gähnten vor Tollheit verzerrte Fratzen, die ein irrer Stuckateur geschaffen haben musste. Viele sahen aus als wären Menschen unter Qualen erstarrt und in ein Goldbad getaucht worden. Auch das traute sie Shabath zu. Die Decke war so hoch, dass es wirkte, als stünde man unter einem sternenlosen Himmel in einer lichtleeren Welt. Ein deprimierender Gedanke. Ihr Atem quoll weißen Dampf gleich aus ihrem Mund, als sie langsam die Halle durchquerte. Sie konnte es jetzt keinem mehr verübeln, wenn er seine Arbeit bedenkenlos einer Fremden überließ, nur um nicht mehr hierher kommen zu müssen. Dieser Ort war als Quell aller nur erdenklichen Albträume geschaffen.

Als sie der Stirnseite immer näher kam, gewahrte sie einen riesigen schwarzglänzenden Altar, hinter dem übermannsgroß eine vergoldete Statue des Dunkelfürsten aufragte. Sie war das Einzige, was in der Dunkelheit in einem bleichen Licht strahlte. Es wirkte beängstigend und beeindruckend in einem. Als Nyvien näher an den Altar trat, spürte sie eine weiche nachgiebige Masse unter den Schuhsohlen. Sie war in eine Opferrinne mit geronnenem Blut getreten und musste kurz würgen. Hastig machte sie einen Bogen um den Altarblock und trat durch die Tür, die sich verborgen zwischen den Beinen der Shabath-Statue befand. Sie war kreidebleich geworden.

Hinter der Tür beleuchteten Öllampen eine Einrichtung, die deutlich weniger abschreckend als die der Halle war. Auch hier herrschte gähnende Leere. Nun, darüber war Nyvien nicht eben unglücklich. Der Gang zu ihrer Rechten führte in Richtung Küche, Vorratsräume und Speisesaal, wie die Magierin von Pralews wusste. Es wurde von ihr erwartet, dass sie ihre Fladen dort abliefern würde. Nyvien beschloss, sie weiter mitzunehmen. Sollte sie entdeckt werden, könnte sie dann immer noch sagen, sie habe sich verlaufen. Der Gang auf der linken Seite führte zu den Schlafgemächern, aber ihr Weg führte sie die Treppe hinauf in den ersten und zweiten Stock. Dort waren die Räume, in denen der Zimmermann die Reliquie vermutete. Auch ihr Gefühl zog sie in diese Richtung. Sie spürte, dass Aroshs Blatt nun ganz nah war. Im ersten Stock hörte sie in der Ferne mehrere Stimmen, die sich offensichtlich gerade stritten. Aus dem anderen Gang kamen Schritte. Ohne zu zögern kletterte sie weiter hinauf ins letzte Stockwerk. Dort drückte sie sich ins Dunkel an die Wand und lauschte. Die Person unter ihr war jetzt beim Treppenhaus angekommen. Erleichtert atmete sie auf, als sich die Schritte die Treppe hinab nach unten entfernten.

Zwei der drei Räume, in denen sie zuerst suchen wollte, lagen auf diesem Stock, einer am Ende des linken und einer in der Mitte des rechten Ganges. Mit welchem Zimmer sollte sie beginnen? Sie schloss die Augen und hörte auf ihr Gefühl. Rechts! Ihre Intuition sagte rechts, also schlich sie diesen Gang entlang. Auch hier waren Stimmen zu hören, aber zum Glück aus dem Zimmer, neben dem, in das sie wollte. Ein kribbelndes Gefühl in der Brust sagte ihr, dass sie der Reliquie immer näher kam. Sie atmete nach Art der Arosh-Priester tief durch, um sich zu konzentrieren. Jetzt stand sie vor der Tür. Sie setzte den Brotkorb ab und spähte vorsichtig durch das Schlüsselloch. Im Innern war es dunkel. Behutsam drückte sie die Türklinke, aber der Raum war abgeschlossen. Sie hatte keine Zeit, groß im Schloss herumzupopeln, und außerdem war sie in solchen Künsten nicht wirklich bewandert. Sie nestelte ihr Amulett hervor, nahm es flach in die rechte Hand und hielt es zwei Handbreit vom Schloss entfernt. Leise aber bestimmt sagte sie „Feu". Sofort schoss ein greller Lichtstrahl aus dem Amulett und traf das Schloss. Eine Hitzewelle schlug von der Tür zurück, so dass sie gezwungen war, den Abstand des Talismans zur Tür zu vergrößern. Es war das erste

Mal, dass sie ihr Amulett auf diese Weise einsetzte. Sie war selbst gespannt, ob es funktionieren würde. Es dauerte einige Augenblicke, die ihr jedoch wie eine kleine Ewigkeit vorkamen, da das gleißende Licht große Teile des Ganges erhellte. Der Talisman in ihrer Hand begann nun schmerzhaft heiß zu werden. Aber es zeigten sich auch die ersten Anzeichen am Türschloss. Das Metall warf Blasen und das Holz darum herum begann zu kokeln. Die Türklinke samt Schloss war nur noch als unförmiger Metallklumpen zu erkennen. Flüssiger Stahl tropfte auf den Boden. Mit dem Fuß stieß sie die Tür an, die ohne Widerstand nach Innen aufschwang. Ein gehauchtes „Fini", ließ den Lichtstrahl ersterben und tauchte ihr gesamtes Gesichtsfeld für kurze Zeit in Dunkelheit. Sie schloss die Augen und atmete erneut tief durch, um sich zu beruhigen. Noch immer war alles ruhig. Als sie die Augen öffnete, konnte sie schon wieder Konturen erkennen. Sie nahm den Brotkorb und schob ihn ins Zimmer. Dann schloss sie die Tür und stellte den Korb so hinter dem angekokelten Holz ab, dass die Tür an ihrem ursprünglichen Platz gehalten wurde. Auf den ersten Blick würde so vom Gang aus vielleicht nichts auffallen. Trotzdem sollte sie sich besser beeilen.

„Lumiere!", flüsterte Nyvien und ihr Amulett erstrahlte in einem kalten blauen Licht. Sie befand sich offensichtlich in einer Art Lesezimmer. Die Stirnseite gegenüber der Tür war vollständig von Regalen bedeckt. Man konnte sehen, dass dieser Tempel noch sehr jung war, denn es standen nur einige verloren wirkende Bücher herum. Auf der rechten Seite führte eine Tür in den Raum, aus dem die Stimmen kamen. An der linken Seite waren zwei Sessel und ein Lesepult postiert. Auf letzterem lag ein etwa unterarmlanges weißes Blatt Papier. Nyvien erkannte es sofort. Mit vor Freude hüpfendem Herzen eilte sie hinüber. Sie hatte es fast erreicht, als ein großes, rotes Wort auf dem Papier aufblinkte:

ᚪᚩᚻᛠᛉᚲᚪᛏ

„Vorsicht", las Nyvien, aber es war schon zu spät. Wie einen hauchdünnen Faden spürte sie den Warnzauber an ihrer Brust zerreißen. Es war derselbe Zauber, den sie selbst gerne verwandte. Jetzt war alles egal. Hastig ergriff sie das Blatt, auf dem nun „Na, herzlichen Glückwunsch!" zu lesen stand. Sie hatte gar nicht gewusst, dass Arosh ein Gott war, der Humor hatte. Trotz ihrer misslichen Lage musste sie kurz grinsen.

„Hallo Nyvien! Schön, dass du mal kurz vorbeischaust. Übrigens eine nette Verkleidung, die du da trägst, hat so etwas Ländliches."

In der Tür gegenüber stand Amring und grinste gehässig. Hinter ihm lauerten zwei Krieger mit gezückten Schwertern. Panisch wandte sich Nyvien der Tür zu, durch die sie den Raum betreten hatte. Sie war noch keine zwei Schritte gehetzt, als Tür samt Brotkorb energisch aufgeschoben wurde und drei weitere Bewaffnete hereinstürmten.

Amrings Grinsen wurde noch einen Deut breiter und eine Spur heimtückischer. „Du bist weiter gekommen, als ich gedacht hatte, mein Täubchen!" Der ehemalige Vivol lachte dreckig.

„Eclair!", schrie Nyvien und streckte ihr Amulett vor. Amring schloss fast müßig die Augen, bevor ihn der Blendblitz erreichte. „Oh, mein Täubchen zeigt seine Krallen. Vielleicht hättest du dich gestern besser vorbereiten sollen, anstatt irgendjemand an deinem zarten Hälschen saugen zu lassen!" Wieder musste er schallend lachen.

Unbändige Wut stieg in Nyvien auf. Blitzschnell wechselte sie das Amulett in die Linke, die bereits Aroshs Blatt hielt. Fast gleichzeitig vollführte die Rechte die notwendigen Gesten und schleuderte einen Feuerball auf Amring. Mit einer gelangweilten Bewegung hob dieser die Arme und der Zauber erlosch in einer plötzlich entstandenen grünlichen Schutzkuppel.

„Nein, Nyvien, noch einmal passiert mir das nicht!" Abgrundtiefer Hass sprühte aus seinen Augen. „Weißt du wie es ist, wenn einem das Fleisch aus der Haut geschnitten wird? Nein? Glaub mir, du wirst es schon noch herausfinden. Uns beiden steht eine schöne Zeit bevor. Nach so langer Zeit als Liebespaar wieder vereint." Ein lüsterner Ausdruck trat in seine Augen, als er erneut in Lachen ausbrach.

Die heiße Wut in Nyvien verebbte. An ihre Stelle trat eine eisige Kälte. Wie hatte sie nur jemals auch nur annähernd so etwas wie Zuneigung für diese Bestie empfinden können? Ihr Verstand begann fieberhaft zu arbeiten. Sie musste ihn hinhalten, bis ihr etwas eingefallen war. „Warum?", fragte sie und ihre Stimme klang dabei so unschuldig wie die eines Kindes, das wissen will, warum Wasser bergab fließt.

„Warum was?"

„Warum dienst du Shabath? Warum hast du die Seiten gewechselt?"

„Was für eine dumme Frage. Die Seite des Siegers ist immer die bessere. Außerdem hatte ich noch nie so viel Spaß! Seit ich dem Dunkelfürsten diene, bin ich nicht mehr an irgendwelche lächerlichen Moralvorstellungen gebunden." Trotz seiner derben Worte, meinte Nyvien ein winziges, trauriges Sehnen in seinen kalten weißgrauen Augen zu entdecken.

Oh Arosh, betete die Magierin im Geist, *schick mir eine Idee!*

Sie brauchte mehr Zeit: „Wollt ihr das hier wirklich verbrennen?", fragte sie und wedelte dabei mit dem Blatt.

„Es ist doch nichts weiter als ein Stück Papier!", erklärte Amring sachlich. „Ich weiß nicht, was du daran findest. Aber ich wusste, dass es dich herlocken würde …"

Während sich ihr Jugendfreund über seine eigene Schlauheit ausließ, wälzte Nyvien Gedanken.

Was konnte sie tun? Was hatte sie dabei, dass ihr noch helfen konnte? Das Amulett hatte versagt. An den Stiefeldolch würde sie wohl kaum unauffällig kommen. Die Grundrisszeichnung? Das war's! Vielleicht konnte sie einen von Pralews provozierten Baumängeln nutzen. Sie versuchte sich im Geist den Plan vorzustellen. War da in diesem Raum nicht etwas gewesen? Dann machte ihr Herz einen Purzelbaum. Plötzlich hörte sie in ihrem Inneren die Stimme des Zimmermanns, so als säße er direkt neben ihr: „Ha! Und an der Stelle haben wir den tragenden Balken angesägt und die Rille mit einer Mischung aus Holzleim und Sägemehl gefüllt. Hat keiner von diesen dämlichen Aufsehern gemerkt, waren auch alle Kriegsvolk und keine Handwerker. Auf jeden Fall, wenn sich einer kräftig an diese Wand anlehnt, dann stürzt ein Teil des Daches ein!"

Die Wand, die Pralew da beschrieben hatte, lag nun direkt in ihrem Rücken. Ob sie es versuchen sollte? Während sie Amring mit klug gewählten Bemerkungen weiter am Reden hielt, zog sie sich Schritt für Schritt näher an die Wand zurück. Dann drehte sie sich blitzartig um und sprang mit voller Wucht Schulter voran dagegen. Ein stechender Schmerz durchzuckte ihren Oberarm, aber sonst schien nichts zu passieren. Für Sekunden stand die Zeit still. Alle Augen starrten sie erstaunt an, wie sie an der Wand klebte. Dann gab es ein knackendes Geräusch und Nyvien sank förmlich in die Wand hinein. Ein Bersten und Brechen von Holz ertönte. Sie konnte gerade noch Aroshs Blatt und ihr Amulett unter ihrem Bauch in Sicherheit bringen. Verzweifelt kroch sie ein kleines Stück voran. Wie Pralew vorhergesagt hatte, brach ein Teil der Decke ein und schloss so das Loch, das sie in der Wand hinterlassen hatte.

„Was steht ihr da herum wie die Stalaktiten!", hörte sie Amring brüllen, „schnappt sie euch! Aber denkt dran, ich will sie lebend!"

Unter Schmerzen befreite sich Nyvien von den Resten des Gerümpels, das sie zum Teil unter sich begraben hatte. Schnell taumelte sie zur Tür und stieß sie auf. Im Gang rannten schon die ersten drei Krieger auf sie zu. Die Zeit reichte soeben noch, um dem vordersten einen Flammenball entgegenzuschleudern. Umhang und

Kleidung des Mannes fingen Feuer. In Panik schlug er um sich und behinderte dabei die nach ihm kommenden. Die Magierin nutzte die kurzzeitige Verwirrung und humpelte so rasch sie konnte in Richtung Treppe. Der ganze Tempel schien plötzlich in Aufruhr geraten zu sein. Der Lärm des Einsturzes und das wütende Geschrei von Amring, hatten alle aufgeschreckt. Überall hallten Schritte und klangen aufgeregte Stimmen. Nyvien eilte die Treppe hinab und hätte sich in ihrer Hast beinahe in ihrem zerfetzten Rock verfangen. Für eine schnelle Flucht war diese Kleidung denkbar ungeeignet. Ihre Schulter und ein Bein schmerzten, aber die schiere Notwendigkeit trieb sie weiter. Ihr Amulett und Aroshs Blatt hielt sie noch immer an den Bauch gepresst. Im ersten Stock kamen sie aus allen Richtungen, Priester mit und ohne Masken, Krieger und Bedienstete. Es kam ihr vor, als habe sich das zuvor verlassene Gebäude plötzlich in einen Ameisenhaufen verwandelt. Auch hinter sich hörte Nyvien Schritte die Treppe herunter hallen. Sie stieß einen verdutzen Priester aus dem Weg und hetzte weiter nach unten. Auf ebener Erde angekommen traf sie ein herber Rückschlag. Amring hatte diesmal keinen Fehler gemacht und eine Wache vor der Tür in die große Halle postiert. Der Krieger hatte sein Schwert gezogen und starrte ihr grimmig entgegen.

„Eclair!"

Nyvien streckte das Amulett vor und der Blendblitz traf den Mann mitten ins Gesicht. Er stieß einen heiseren Schrei aus und taumelte kurz. Dann fing er sich jedoch wieder, schloss die Augen und lehnte sich mit dem Rücken an die Tür. Mit ziellosen Auf- und Abwärtshieben schlug er mit der Waffe in der Luft. Es war offensichtlich, dass er nichts mehr sah, aber so ohne weiteres kam sie trotzdem nicht an ihm vorbei. Die Rufe hinter ihr im Treppenhaus kamen immer näher und jetzt stürmten auch noch Leute den Gang aus Richtung Küche heran.

Kurzentschlossen drückte sich Nyvien an der Wand durch, in den Gang, der zu den Schlafzimmern führte. Geschickt blieb sie dabei außerhalb der Reichweite des wirbelnden Schwertes. Ihre Glieder schmerzten und die Lungen brannten. Verzweifelt probierte sie die Türen zu den einzelnen Zimmern. Erst das dritte war unverschlossen und sie schlüpfte hinein. Selbst wenn sie großes Glück gehabt hatte und das unbemerkt geblieben war, so blieb ihr nur wenig Zeit, sich etwas Rettendes zu überlegen. Leathan hatte Recht gehabt. Sie war ins offene Messer gerannt und das Schlimmste war, dass dieser das schon im Voraus vermutet hatte. Sie ließ ihr Amulett aufleuchten und stellte fest, dass sie sich wie erwartet in einer Schlafkammer befand. Rasch schob sie den Riegel vor und zerrte mit großem Kraftaufwand das Bett vor die Tür. Als sie damit fertig war, begann draußen bereits der erste Lärm. Offensichtlich hatte man sie entdeckt. Mit wachsender Panik schaute sie sich um. Neben dem Bett befanden sich nur ein Schrank, eine kleine Truhe, ein Tisch, ein Stuhl und eine Waschschüssel mit Krug in dem Raum. Es gab sogar ein kleines Abflussgitter, in das man das Waschwasser entleeren konnte. Einziger *Schmuck* war ein Bildnis Shabaths, das an der Wand gegenüber der Tür hing. Seine gemalte Maske schien sie höhnisch anzustarren. Sich im Schrank oder unter dem Bett zu verstecken schied aus. Abgesehen davon, dass es ohnehin abgrundtief dämlich gewesen wäre, machte es spätestens in dem Moment keinen Sinn mehr, in dem Amrings Stimme draußen erscholl: „Nyvien, gib auf! Du hast ohnehin keine Chance!"

„Niemals!", fluchte sie leise vor sich hin. Sie würde sich nicht dazu verleiten lassen zu antworten. Vielleicht war es nur ein Bluff und er wollte herausfinden, in welcher der Kammern sie sich befand. Sofort zerschlug sich diese Hoffnung jedoch, als ein heftiger Aufprall die Tür erschütterte. Beinahe wären ihr Tränen der Wut und Hilflosigkeit in die Augen gestiegen, aber diese Genugtuung wollte sie ihrem Jugendfreund nun wirklich nicht gönnen.

Denk nach, schalt sie sich selbst. Das war leichter gesagt als getan, wenn ständig jemand mit Wucht gegen die Tür prallte. Sie strengte ihr Hirn an, aber ihr wollte nichts einfallen. Vielleicht gab es noch einen Baumangel, der ihr helfen konnte. Der Plan! Schnell zog sie die Grundrisszeichnung hervor. Dabei fiel das Pergament heraus, das ihr der verrückte Händler vor der Halle aufgeschwatzt hatte. Bis gerade hatte sie nicht mehr daran gedacht. Hastig starrte sie auf die Grundrisszeichnung. Ein Hauch von Panik streifte sie, als sie feststellte, dass der Raum, in dem sie sich jetzt befand, völlig solide gebaut war. Sie hatte sich selbst in eine Falle gesperrt. Aber was wäre ihr sonst auch anderes übrig geblieben? Enttäuscht schmetterte sie die Zeichnung auf den Boden, wo auch schon das gekaufte Pergament lag. Was hatte da doch gleich drauf gestanden? Maus? Ob sie dieser Zauber retten konnte? Als sie das vergilbte Papier vom Boden klaubte, erzitterte die Tür hinter ihr, als wäre in vollem Lauf ein Ochse dagegen gerannt. Ein schneller Blick zeigte ihr, dass sich die Halterung des Riegels aus der Wand zu lösen begann. Die Tür knirschte und bebte nun schon bei jedem Aufprall und wölbte sich in den Raum hinein. Hastig überflog sie das Maus-Pergament. Es war offensichtlich ein Verwandlungs-Zauber. Sollte sie sich in eine Maus verwandeln? Aber würde sie zu einer echten Maus werden, oder ihr

Selbst in der Mausgestalt behalten? Wie lange würde der Zauber anhalten, oder war er vielleicht sogar permanent? Und was würde aus ihrem Amulett werden und aus Aroshs Blatt? Als Maus konnte sie beides schlecht mitschleppen. Viel zu viele Risiken! Als sie an die Reliquie dachte, warf sie unwillkürlich einen Blick darauf. Verwundert hob sie die Augenbrauen. *„Häng mich über Shabath!"*, stand da zu lesen. Selten hatte sie ihren Gott so mitteilungsfreudig erlebt, aber was sollte das heißen? Häng mich über Shabath? Hilflos schaute sie umher. Sofort blieb ihr Blick am Portrait des Dunkelfürsten hängen. Aber warum sollte sie Aroshs Blatt darüber hängen?

Holz splitterte in ihrem Rücken. Ihr blieb keine Zeit. *Was soll's? Wenn Arosh es so will*, dachte sie bei sich und trat zu dem Bild. Mit vor Aufregung feuchten Fingern klemmte sie das Blatt in den Rahmen. Es war exakt so groß wie das Portrait und verdeckte dieses nun völlig. *In Ordnung*, gestand sie sich ein, *sieht jetzt viel besser aus als vorher. Aber wo liegt da der Sinn?*

Noch während sie das dachte, erschien plötzlich wieder das Abbild des Dunkelfürsten im Rahmen. War sie jetzt komplett verrückt geworden? Dann fiel ihr jedoch etwas Seltsames auf. Das hämische Starren der Maske, das ihr beim Betreten des Zimmers aufgefallen war, war nun verschwunden. Stattdessen schien Shabath zu schielen. Und war da nicht eine Warze auf seiner Wange, die ihr vorher nicht aufgefallen war? Dann, ganz plötzlich, hatte sie verstanden und musste lachen. Aroshs Blatt konnte offenbar nicht nur Schriftzüge zeigen, nein, es hatte eben, während sie zusah, ein Bild imitiert.

Ein neuerliches Bersten von Holz rief ihr wieder ihre gefährliche Lage vor Augen. Um Aroshs Blatt brauchte sie sich jetzt keine Gedanken mehr zu machen. Aber was war mit ihr? Wieder krachte etwas gegen die Tür und der ganze obere Teil bog sich gefährlich nach innen. Sie hatten die obere Angel ausgehoben. Ein eisiges Frösteln packte sie, als sie Amrings siegessicheres Geheul hören konnte. Alles war besser, als ihm in die Hände zu fallen. Sie atmete tief durch, nahm das Maus-Pergament in die Hand und rezitierte mit beherrschter Stimme den Zauber. Zuerst passierte nichts. Dann begann sich das Papier in ihrer Hand zu kräuseln und löste sich in Rauch auf. Der Zauber war offenbar nur einmalig nutzbar. Dann wurde ganz plötzlich der Raum um sie herum größer. Sie hatte das Gefühl als stürze sie zu Boden. Über ihr gab mit einem entsetzlichen Quietschen die Tür kund, das sie nicht vorhatte noch länger standzuhalten. Aber Nyvien hatte im Augenblick ganz andere

Probleme. Sie war in einem Wust aus Stoffen gefangen. Dicht neben ihr schlug das Amulett auf und hätte sie beinahe in der Mitte zerteilt. Es war nun so groß wie ihr eigener kleiner und behaarter Körper. Es strahlte noch immer und sein Licht stach Nyvien in den empfindlichen Augen. Sie wollte „Fini" sagen, aber alles was heraus kam war ein hohes Quieken. Das Amulett leuchtete munter weiter. Mit einem Schlag wurde ihr klar, dass sie nun eine Maus war. Der Stoffwust, in dem sie fest steckte, war ihre Kleidung. Alles Materielle hatte der Zauber offensichtlich unverändert belassen. Ihr kleines Herz raste, aber ihr Verstand blieb kühl. Sie musste den Talisman in Sicherheit bringen. Die Zeit wurde knapp! Wieder ertönte ein jämmerliches Ächzen von der Tür, als sich von Außen jemand mit Wucht dagegen warf. Dann fiel ihr der Abfluss in der Waschecke ein. Mit etwas Glück passte das Amulett durch das Gitter. Sie hatte zwar keine Ahnung, wo es dann hinfallen würde, aber alles war besser, als das kostbare Stück Amring zu überlassen. Mit einer für sie selbst ungewohnten Gewandtheit wuselte sie sich aus der zu groß gewordenen Kleidung. Die Taubheit, die sie als Mensch noch im Bein empfunden hatte, war auch als Maus geblieben, wurde aber schnell besser. Trotz der Schmerzen nahm sie die Kette des Schmuckstücks ins Maul und zerrte mit aller Kraft. Ihre Füße drehten am Boden durch und die Krallen schabten über den glatt getretenen Lehm. Dann gab es einen Ruck und sie stolperte nach vorne. Das Metall der Kette schnitt ihr ins Maul, aber sie ignorierte den Schmerz und zog weiter. Quälend langsam glitt das Amulett voran. Stück für Stück arbeitete sie sich vorwärts. Tränen der Anstrengung traten ihr in die Augen. Hoffentlich hielt die Tür noch so lange stand. Dann endlich war sie da. Das Schmuckstück lag nun genau über dem Gitter. Das Licht, das es immer noch aussandte, schmerzte in ihren Augen. Sie schob sich mit dem Kopf unter das Metall, um das Amulett schräg zu stellen. Ihre Erleichterung war riesig, als es schließlich zu rutschen begann und langsam zwischen den Gitterstäben hinabglitt. Dann wurde es schneller und schoss in die Tiefe. Nyvien konnte eben noch der Kette ausweichen, die dicht an ihr vorbei peitschte. Angestrengt lauschte sie und vernahm zu ihrer großen Freude kein Platschen, sondern einen Aufschlag. Wenn sie heil aus dieser Sache herauskommen sollte, würde sie es schon irgendwie wiederfinden. Ihr zartes Triumphfiepen wurde von einem rauen Freudenschrei übertönt, als einer der Krieger mitsamt dem oberen Teil der Tür über das Bett ins Zimmer krachte. Hastig versteckte sie sich hinter der Waschschüssel und lugte vorsichtig hervor.

Amring sprang kampfbereit ins Zimmer. Seine Beine federten geschickt ab, als er auf dem Bett landete. Seine Hände formten bereits die Gesten eines Abwehrzaubers. Nyvien hätte viel dafür gegeben, wenn sie den Gesichtsausdruck ihres Exfreundes hätte einfrieren und mitnehmen können. Als er sah, dass der Raum leer war, hüpfte er laut fluchend vom Bett und klaubte Nyviens Kleidung auf. Sein Gesicht war zu einer hassverzerrten Fratze geworden, als er den Stoffwust auf den armen Krieger pfefferte, der sich so eben stöhnend aufzurichten versuchte. Das Einzige, was er in der Hand behielt, war die Grundrisszeichnung, die er neugierig betrachtete und einsteckte. Dann dachte er kurz nach. Nyvien erkannte es am Gesichtsausdruck, wenn er die Stirn in Falten warf. Diese kleine Geste, die ihn ihr so vertraut vorkommen ließ, schmerzte sie mehr als die Prellungen, die sie von ihrem Sturz davongetragen hatte. Was war nur aus ihrem Freund geworden?

„Ihr Drei, sofort zum Ausgang!", brüllte er dann. „Dieses Biest hat sich unsichtbar gemacht! Aber das wird ihr nichts nutzen. Stellt euch eng zusammen! Ich will nicht, dass auch nur eine Maus dieses Gebäude verlässt! Habt ihr verstanden? Krik, du stellst dich in diese Tür! Für dich gilt dasselbe!"

Dann begann Amring mit ausgestreckten Armen im Zimmer herum zu hasten. Es sah aus als würde er eine groteske Art von Schattenboxen durchführen. Nyvien krümmte sich hinter ihrer Waschschüssel vor Lachen. Selbst wenn sie Aroshs Blatt nicht bekommen sollte, allein dieser Anblick war die Sache wert gewesen.

„Da ist eine Maus, Leutnant!", sagte Krik und deutete dabei auf Nyvien.

„Sehr witzig, Krik, sehr witzig!"

Weise wie er war, verzichtete der Krieger auf einen weiteren Kommentar.

Nyvien fand, dass es allmählich Zeit wurde, den Tempel zu verlassen. Wer wusste, wie lange dieser Zauber anhielt? Sie schoss an der Wand entlang unter das Bett und von dort aus zwischen Kriks Beinen hindurch in den Gang.

Als Maus dauerte der Rückweg durch die Halle der Finsternis deutlich länger. Schließlich kam sie aber doch beim Ausgang an. Eine Kette von Kriegern verstellte jedem den Durchgang. Trotz des Befehls ihres Anführers achtete aber niemand auf die Maus, die zwischen ihnen hindurch ins Freie huschte.

Ein Hochgefühl machte sich in Nyvien breit. Sie war der Falle entkommen, die man ihr gestellt hatte. Ihre Freude währte jedoch nur sehr kurz. Plötzlich nahmen ihre geschärften Sinneszellen den Geruch einer Katze wahr. Instinktiv sprang sie nach vorne und genau das rettete ihr das Leben. Exakt an der Stelle, an der sie Sekunden vorher noch gehockt hatte, schlug eine Katze ein. Enttäuscht fauchend suchte sie nach der entwischten Beute. Nyvien kämpfte die aufkommende Panik nieder und rannte zur Seite davon. Sie hielt an und fuchtelte auf seltsame Weise mit den Vorderpfoten, als sie die Katze wieder entdeckte. Die Magierin hatte dem übermächtigen Gegner ihren letzten Feuerball entgegenschleudern wollen, musste aber voller Schrecken feststellen, dass dies in Mausgestalt nicht funktionierte.

Andererseits auch vielleicht ganz gut so, kam ihr ein Gedanke. Es wäre schließlich nicht eben unauffällig, wenn vor der Halle der Finsternis plötzlich eine Katze in Flammen aufging. Immerhin hatte ihr seltsames Gebaren den Jäger kurzzeitig so verwirrt, dass er nicht wieder angegriffen hatte. Aber jetzt sah Nyvien, wie sich die Augen der Katze verengten und sie fixierten. Die Magierin rannte so schnell sie in ihrem ramponierten Zustand nur konnte nach rechts los, wechselte aber dann sofort die Richtung. Die Katze fiel auf die Finte herein und rannte an ihr vorbei. Sofort machte sie aber wieder kehrt.

Oh Arosh, war das Viech schnell!

Verzweifelt rannte Nyvien weiter und hielt nach einem Versteck Ausschau. Immer wieder zwang sie sich, die Richtung zu wechseln und warf dabei hastige Blicke zurück. Ihre Lungen barsten von der Anstrengung und ihr Herz raste.

Dann kam der Schmerz. Einen winzigen Moment hatte sie zu lange gezögert, bevor sie erneut die Richtung wechselte. Scharfe Krallen gruben sich in ihre Flanke und schleuderten sie zur Seite. Sie überschlug sich zweimal und blieb dann verkrümmt im Straßenstaub liegen. Trotz der Schmerzen versuchte sie sich aufzurappeln, aber sie war nicht schnell genug. Sie hatte erst zwei Schritte getan, als sie die Tatze erneut traf und herumschleuderte. Diesmal landete sie auf den Füßen und hetzte in die Richtung weiter, in die ihre Nase zeigte. Aber jetzt war sie zu langsam. Die Katze fegte sie wieder aus ihrer Bahn. Voll Schrecken wurde Nyvien bewusst, dass das Tier nur mit ihr spielte. So grausam konnte die Natur sein. Wieder schlug ihr Verfolger zu und wieder wurde sie einen halben Schritt weit durch die Luft geschleudert. Alle Knochen taten ihr weh und winzige Blutströpfchen traten aus den Wunden im Fell an ihrer Seite. Dennoch war die Magierin nicht gewillt aufzugeben. Ein weiteres Mal hechtete sie blindlings voran und diesmal war ihr endlich das Glück hold. Unweit vor ihr war eine Ritze unter einem größeren Stein.

Obwohl es sie mit ganzer Seele danach verlangte, sofort in die Sicherheit dieser kleinen Spalte zu entkommen, zwang sie sich mit eisernem Willen zuvor noch einen Haken zu schlagen. Genau das war es, was sie von einer normalen Maus unterschied und genau das rettete sie. Nyvien spürte den Luftzug als die Pfote der Katze an ihr vorbeipfiff und sie denkbar knapp verfehlte. Dann war sie unter dem Stein und damit vorerst in Sicherheit. Sie kroch so weit in die Ritze wie nur eben möglich und das war auch gut so. Ihr Verfolger hatte sein Spielzeug nämlich noch lange nicht aufgegeben. Die Magierin drehte ihren geschundenen kleinen Leib mühsam so, dass sie nach außen schauen konnte. Vor dem Spalt hockte die Katze. Von Zeit zu Zeit fuhr sie mit ihrer Tatze in die Ritze, dass Nyvien die scharfen Krallen am Stein kratzen hörte. Jedes Mal wackelte dabei ihr ganzes Versteck, aber noch hielt es stand. Trotzdem gab die Katze nicht auf. Katzen können in solchen Dingen sehr beharrlich sein.

Die Magierin begann sich Sorgen zu machen. In der eingequetschten Lage wurden allmählich ihre Glieder taub. Sie klebte mit dem geronnenen Blut am Stein fest. Waren ihre Wunden noch offen? Verlor sie Blut? Würde sie hier jämmerlich verrecken, von einer banalen Katze festgesetzt? Was für ein unwürdiger Tod für eine Schülerin von Mandraween. Auf was hatte sie sich da nur eingelassen? Sie wusste nichts über den Zauber unter dem sie nun stand. Wie lange würde sie noch eine Maus bleiben? Wie viel Zeit hatte sie noch, bis plötzlich eine nackte und geschundene Frau im Dreck vor dem Tempel liegen würde? Das wäre ein schrecklicher Triumph für Amring. Nyviens Gedanken waren nahe am Delirium. Der Blutverlust und die Strapazen forderten ihren Tribut.

Aber dann – sie hatte sich schon fast aufgegeben – hörte sie eine bekannte Stimme, die ihre Lebensgeister wieder neu weckte: „Aus dem Weg, du dummes Vieh!"

Diese Stimme hätte sie unter Tausenden wiedererkannt. Es hatte Zeiten gegeben, da hatte sie ihr Worte der Liebe zugeflüstert. Aber im Moment wurde Amring von Hass geschüttelt, das hörte sie. Zusammen mit dem Fluch ging ein dumpfer Aufschlag einher, der von einem schmerzverzerrten Fauchen gefolgt wurde. Hatte Amring ihre Katze weggetreten? Adrenalin pulste durch ihren kleinen Leihkörper und gab ihr neue Kraft. Jetzt oder nie! Vorsichtig wagte sie sich vor. Es schmerzte entsetzlich, als sich das Fell löste, das durch das geronnene Blut am Stein klebte. Sie versuchte den Schmerz zu ignorieren und lugte aus ihrem Versteck. Tatsächlich, dort vor ihr schritt ihr Jugendfreund. Sie konnte ihn zwar nur von hinten sehen, aber sie erkannte seinen Gang. Die Katze hingegen war verschwunden. Nyvien entdeckte aber ein zuckendes Fellbündel mit den graubraunen Streifen ihres ehemaligen Jägers.

Nyvien erkundete lange und ausgiebig die Lage, bevor sie die Sicherheit ihres Versteckes verließ. Jeder einzelne Muskel tat ihr weh. Aber sie musste weg von hier, möglichst viel Raum zwischen sich und die Halle der Finsternis bringen, bevor ihre Kräfte sie vollends im Stich ließen. Sie musste irgendwie zurück in Pralews Hütte. Dort war sie halbwegs sicher. Aber der Weg, obwohl für einen Menschen nur einige Minuten, erschien ihr in ihrem jetzigen Zustand wie eine Weltreise. Jeder Weg beginnt mit dem ersten Schritt. Getreu diesem Motto huschte sie bis zur nächsten Hauswand. In die Ecke gepresst schlich sie weiter. Hier brauchte sie nur nach einer Seite zu sichern und lief außerdem auch nicht Gefahr, unter irgendjemandes Füße zu geraten. Sie konnte nur hoffen, dass sie nicht noch einer Katze in die Fänge fiel.

Der Weg zog sich ewig. Da sie nicht quer über den Markt gehen wollte, umging sie ihn, indem sie sich immer an den Wänden der Häuser hielt, die den Platz umgaben. Gefährlich waren nur die Stichstraßen, die in den Markt mündeten und die sie zwangsläufig überqueren musste. Bevor sie das tat, hielt sie immer an und sammelte ihre stetig nachlassenden Kräfte. Sehr schnell stellte sie fest, dass die Atemtechnik, die ihr Meister ihr beigebracht hatte, auch in der Gestalt einer Maus funktionierte. So holte sie tief Luft und ließ diese in mehreren langsamen Zügen entgleiten, bis sie sich beruhigt hatte. Dann passte sie einen Moment ab, in dem wenige Menschen unterwegs waren und spurtete bis zur anderen Seite. Keiner bemerkte sie, kein Mensch und zu ihrem großen Glück, auch kein anderes Tier. Sie brachte nicht mehr die Kraft auf, auf Feinde zu achten. Sie brauchte jedes Quäntchen davon, um eine Pfote vor die andere zu setzen. Die Wunde in ihrer Seite brach wieder auf und bald säumte eine Spur winziger in der Sonne kristallrot schimmernder Tropfen ihren Weg.

In Wirklichkeit brauchte sie für die Strecke eine knappe Stunde, aber wenn man sie in späteren Jahren danach fragte, dann war sie davon überzeugt, dass ihre Qual fast einen halben Tag gedauert hatte. Die Sonne stand noch hoch am Himmel, als sie schließlich durch einen Spalt zwischen den Brettern in Pralews Hütte gelangte. Sie brach in der Mitte des Wohnzimmers ohnmächtig zusammen.

Als Pralew am Abend heim kam, blieb ihm beinahe das Herz stehen. Er fand Nyvien nackt und zusammengekrümmt am Boden. Ihre Haut war so bleich, dass er sie für tot hielt. Dann gewahrte er schwache Atembewegungen ihres Brustkorbes. Sie hatte ihren Arm auf eine schreckliche Wunde in der Seite gepresst. Es sah aus, als wäre ihre Haut von einer riesigen Pranke aufgeschlitzt worden. Trotz der Verletzung konnte er aber keine Blutflecken entdecken. Was war hier bloß geschehen? Auf welches Ungeheuer war die Magierin gestoßen? Wie war sie in diesem Zustand hierhin gekommen? Tausend Fragen und keine Antworten.

Als er den zarten Körper auf das Bett trug, kamen ihm schreckliche Erinnerungen an seine Frau. Nyvien fühlte sich kühl an und wurde von einem Schüttelfrost gepackt, nachdem er sie abgelegt hatte. So hatte es bei seiner Frau auch angefangen. Sollte er Hilfe holen? Er entschied sich dagegen und beschloss, die Sache selbst in die Hand zu nehmen. Er kochte Wasser ab und wusch damit vorsichtig die Wunden aus. Nyvien stöhnte dabei im Schlaf, wurde aber nicht wach. Dann legte er einen Verband an. Die Risse in ihrer Seite waren so zahlreich und zogen sich über eine solche Länge hin, dass sein Vorrat an Verbandszeug nicht ausreichte. Am Ende war er gezwungen, Teile seiner alten Kleidung zu verwenden.

Nachdem er fertig war, lief ihm der Schweiß in Strömen von der Stirn. Er deckte die Magierin zu und konnte jetzt nur noch hoffen. Es war schon weit über Mitternacht, aber an Schlaf war nicht zu denken. Schließlich holte er einen Stuhl und setzte sich an Nyviens Bettrand. Wenn sie von Fieberschüben gepackt wurde, wischte er ihr mit einem kalten Tuch den Schweiß von der Stirn. Wenn sie Schüttelfrost packte, wickelte er sie warm in Decken. Gegen Ende der ersten Stunde des neuen Tages schlief der alte Mann auf seinem Stuhl ein. Er wachte erst wieder auf, als Nyviens zitternde Hand ihn berührte.

„Durst!“, krächzte sie aus trockener Kehle. Sofort stürmte er los und holte einen Becher mit Wasser. Nyvien schüttelte den Kopf und sagte nur: „Tee!“, während sie mit schwacher Geste auf ihren Rucksack deutete. Pralew kramte darin herum und holte nacheinander alle Beutelchen und Kräuter hervor, bis die Magierin schließlich nickte.

Nachdem sie den Tee getrunken hatte, schlief sie sofort wieder ein. Als Nyvien am Abend zum zweiten Mal erwachte, ging es ihr bereits besser. Sie war sogar in der Lage, Pralew einen kurzen Bericht der Ereignisse zu liefern. Danach fühlte sich auch der Zimmermann wohler und gönnte sich selbst etwas Schlaf.

Am nächsten Morgen gab Nyvien ihrem Gastgeber Geld und dieser ging neue Verbände kaufen. Unter Aufsicht der Magierin wechselte er die alten aus. Eine der Wunden hatte ein wenig zu eitern begonnen, aber die restlichen verheilten gut. Nyvien trug noch eine Salbe zum Schutz gegen Wundbrand auf, bevor der Zimmermann die neuen Bandagen anlegte. Danach fühlte sich die Magierin wieder so gut, dass sie sich zum Essen im Bett aufsetzte. Danach ließ sie sich von Pralew Kleidung besorgen. Er hatte noch einige gut erhaltene Sachen von seiner Frau übrig, die er ihr auf einen Stuhl ans Bett legte.

Wann immer Pralew für irgendwelche Besorgungen das Haus verließ, erkundigte er sich nach Aroshs Blatt. Zu seinem Entsetzen fand er sehr bald heraus, dass die Reliquie wie geplant in der Neumondnacht in zwei Tagen verbrannt werden sollte. Hatte man das Papier in seiner Tarnung als Portrait entdeckt?

Was die meisten Leute aber weit interessanter fanden, war die Tatsache, dass ein kleiner Teil der Halle der Finsternis eingestürzt war. Im der Mitte der Südwand klaffte eine Lücke, so als habe ein Kind beim Bau seines Turmes einen Bauklotz zu wenig gehabt. In den meisten Gesichtern zeigte sich ein gehässiges Grinsen, wenn sie dieses Missgeschick erwähnten. Einige wussten sogar zu berichten, dass der Einsturz durch Baumängel verursacht worden war und sangen ein Hochlied auf die Zimmerleute, die, so hieß es, das mit Absicht getan hatten, um sich für die Zwangsarbeit zu rächen. Pralew hatte ein ungutes Gefühl, als er das zu hören bekam.

Als er am Abend Nyvien darauf ansprach, schlug sie die Hände vors Gesicht: „Verflixt! Daran hatte ich bis jetzt gar nicht mehr gedacht. Ich musste unsere Grundrisszeichnung zurücklassen. Darauf sind all die kleinen Fehler, die ihr eingebaut habt, verzeichnet. Hoffentlich stellt keiner eine Verbindung zu euch her. Pralew beschwichtigte sie, aber im Gegensatz zu seinen Worten sagte seine Miene, dass er sich ernsthaft Sorgen machte.

Am nächsten Morgen ging es Nyvien schon wieder deutlich besser. Sie konnte einige Schritte gehen, ohne dass ihr gleich schwindelig wurde. Sie war gerade dabei sich zu waschen und ihre Wunden zu versorgen, als jemand heftig an Pralews Haustür pochte. Bevor der Zimmermann öffnete, schloss er dezenterweise die Tür zum Schlafzimmer, in dem Nyvien mit ihrer Säuberungsaktion beschäftigt war. Nachdem er den Riegel zurückgeschoben hatte, wurde ihm beinahe die Tür gegen den Kopf geschmettert. Zum Glück brachte er seinen Fuß noch rechtzeitig dazwischen: „Wer seid Ihr und was wollt Ihr von mir?" Zorn schwang in seiner Stimme mit.

„Seid Ihr Pralew, der Zimmermann?"

„Ja! Und im Gegensatz zu Euch, stehe ich zu meinem Namen!

Ihr habt mir Euren bislang immer noch nicht genannt!"

„Hier ist Leutnant Amring! Ihr seid verhaftet wegen Sabotage beim Bau der Halle der Finsternis!", drang eine Stimme aus dem Hintergrund. „Diese Leute handeln in meinem Namen!"

Pralew überlegte einen Augenblick. Wenn er freiwillig mitging, konnte er vielleicht Nyvien retten. „Tretet zurück, dann komme ich raus!"

Es dauerte einen Moment, dann hörte der Zimmermann einen Befehl: „Lass ihn rauskommen, Krik!"

Der Druck auf die Tür ließ nach. Hastig stellte Pralew seine Axt griffbereit neben den Eingang. Dann öffnete er, blieb aber im Türrahmen stehen. Vier Krieger standen in einem Halbkreis um den Hauseingang. Sie trugen Lederharnische und hatten ihre Schwerter gezückt. Hinter ihnen stand ein Mann von vielleicht Anfang dreißig. Nach Nyviens Beschreibung hätte der Zimmermann den Inquisitionsmagier auch erkannt, wenn er sich nicht vorgestellt hätte. Seine Männer entspannten sich, als sie den Alten sahen. Es war leicht zu erkennen, dass Pralew kein Kämpfer war, vor dem sie Angst haben mussten. Amrings weiße Augen suchten die des Zimmermanns. Der Blick war so eisig, dass Pralew fröstelte.

„Sehr gut, alter Mann! Das war eine weise Entscheidung!", lobte ihn der Magier. „Die meisten deiner Kollegen waren nicht so einsichtig!" Ein klein wenig Enttäuschung schwang in seiner Stimme mit, so als habe ihn Pralew durch die Kapitulation eines Vergnügens beraubt. „Gut, jetzt tritt zur Seite und lass meine Männer deine Bruchbude durchsuchen!"

Damit hatte Pralew gerechnet. So laut er nur konnte, brüllte er: „Flieh Nyvien! Flieh! Ich werde sie aufhalten!" Blitzschnell griff er seine Axt und stellte sich zum Kampf.

Nyvien war fast mit ihren Verbänden fertig, als Pralews Warnschrei ertönte. Es dauerte einen Augenblick, bis die Nachricht richtig zu ihr durchgedrungen war. Dann handelte sie wie der Blitz. Nackt wie sie war grabschte sie ihre Kleidung und den Rucksack und raste zur Hintertür. Wie ein zartes weißes Fähnchen flatterte ein Teil der Bandage hinter ihr her. Sie riss die Tür auf und stürmte blindlings hinaus. Was sie rettete war wohl allein die Tatsache, dass sie nackt war. Die beiden Krieger, die am rückwärtigen Ausgang gelauert hatten, starrten sie völlig perplex an. Es liegt in der Natur der Dinge, dass eine unbekleidete Frau die meisten Männer völlig aus dem Konzept bringt – noch dazu, wenn diese Frau auch noch hübsch ist. Nyviens wippender Busen fesselte die Blicke der Krieger so lange, dass die Magierin Zeit für einen Zauber fand. Sie spürte wie alle Kraft, die sie noch in sich hatte, wie ein eisiger Strom aus ihrer Hand fuhr. Der Eishauch traf den linken Krieger im ersten Schritt seines Ansturms. Er erstarrte mitten in der Bewegung und kippte zur Seite. Langsam neigte er sich immer weiter dem Boden entgegen, bis er schließlich umfiel. Beim Aufprall machte er ein knirschendes Geräusch, wie wenn man auf frisch gefallenen Schnee tritt. Der zweite Krieger schaute dabei mit geweiteten Augen zu. Mit einem Aufschrei wollte er sein Schwert fallen lassen, aber es war an seiner Hand festgefroren. Irgendwie musste das Metall in den Bereich des Zaubers hineingereicht haben. Mit einem Laut, wie wenn ein Stück Stoff zerreißt, siegte die Schwerkraft und die gefrorene Waffe polterte zu Boden. Ein Hautfetzen hing am Griff.

All das gab Nyvien das Quäntchen Zeit, das sie brauchte. Sie schleuderte dem waffenlosen Mann ihre Kleidung über den Kopf und bückte sich nach einem Stein. Der Krieger war jetzt wieder zu sich gekommen und stieß einen Warnschrei aus. Das war jedoch seine letzte Tat. Der Magierin gelang es problemlos, ihm mit dem Stein das Bewusstsein zu rauben. Etwas schneller als sein Kamerad brach auch er am Boden zusammen.

Von der Vorderfront der Hütte dröhnten Wutschreie zu ihr. Hastig klaubte sie die Kleidung auf und rannte los. Sie musste möglichst schnell außer Sichtweite gelangen. Sie sprang über den Zaun am Rand des kleinen Grundstücks und rannte die Straße entlang bis zur nächsten Gasse, in die sie abbog. Erst als ihr ein junger Mann von vielleicht sechzehn Jahren lüstern hinterher pfiff, wurde ihr klar, in welchem Zustand sie sich befand. Ihre bloßen Fußsohlen waren eingerissen und der Verband hatte sich weiter gelöst. Und neben all dem war sie auch noch splitternackt. Sie zog sich in einen Hauseingang zurück und atmete erst einmal tief durch. Sie sah, wie ein Bettler verstohlen zu ihr herüber blickte, aber er machte nicht den Eindruck als würde er sich sonderlich an ihrem Anblick stören. Provisorisch verknotete sie die lose Bandage und streifte sich Kleidung und Schuhe über. Zum Schluss setzte sie den Rucksack auf und trat erneut auf die Gasse. Unauffällig blickte sie zurück. Es waren noch keine Verfolger zu erkennen. Allerdings sah sie Rauch in den Himmel aufsteigen. *Was wohl aus dem tapferen Pralew geworden war?*

Nyvien schüttelte den Kopf, um ihre Gedanken frei zu bekommen. Sie musste sich um sich selbst kümmern. Jetzt wo die Aufregung vorbei war, spürte sie ihre Wunden wieder. Es war erstaunlich, dass sie bis jetzt nichts von ihnen gespürt hatte. Ein

Adrenalinschub bewirkte manchmal wahre Wunder. Sie unterdrückte die Schmerzen und schritt langsam davon. Unnötige Eile konnte jetzt nur schaden. Der alte Bettler, der sie die ganze Zeit über beobachtet hatte, blickte ihr enttäuscht nach. *Schade, dass so etwas nicht jeden Tag passiert,* dachte er bei sich.

*

Pralew hielt sich wacker. Nach dem Warnschrei dauerte es nicht lange, bis die Krieger auf ihn einstürmten. Er zog sich bis ins Haus zurück, so dass ihn keine zwei Kämpfer gleichzeitig attackieren konnten. Zuerst behinderten sich die Krieger gegenseitig, so groß war ihr Ehrgeiz, dem Alten entgegenzutreten. Aber als sie merkten, dass das keinen Sinn machte, ließen sie Krik den Vortritt. Er war ihr bester Kämpfer. Im Hintergrund tobte Amring und raufte sich die Haare. Dieser klapprige Alte hatte eindeutig Nyvien geschrien. Die Magierin war also wieder einmal greifbar nah, aber seine dämlichen Idiotenkrieger behinderten sich gegenseitig.

Krik war ein ausgebildeter Krieger und Pralew in Kampfkraft und Technik weit überlegen. Trotzdem hielt der Zimmermann erstaunlich lange stand. Pralew wusste, dass er ohnehin schon so gut wie tot war. Es war ihm gleich, wenn er Wunden einsteckte. Alles, was er noch wollte, war Nyvien die Zeit zur Flucht zu geben. Er kämpfte daher mit völliger Todesverachtung, Krik konnte das in seinen Augen sehen. Ein Mann, dem es gleichgültig ist, wenn er stirbt, ist ein gefährlicher Kämpfer. Krik spürte das und ging daher vorsichtiger an seinen Gegner heran, als er das unter normalen Umständen getan hätte. Er wusste, dass er kräftiger war und der Alte nicht lange durchhalten würde. Immer wieder traf er ihn mit Hieben und zog sich dann schnell zurück, um seinem Gegner nicht die Möglichkeit zu einer selbstmörderischen, aber gefährlichen Attacke zu geben. Das Blut des Zimmermanns floss aus zahlreichen Wunden und tränkte die Schwelle der Hütte, die er mit eigenen Händen gebaut hatte. Und trotzdem stand er noch immer und versperrte auf wackligen Beinen den Weg ins Innere. Krik war noch vollkommen unverletzt und es war nur eine Frage der Zeit, bis Pralew fallen würde.

Wild brüllend hatte Amring dem Krieger schon etliche Male befohlen, endlich Schluss zu machen. Was zählte war allein Nyvien. Jede Sekunde, die der Alte im Durchgang klebte, gab ihr wertvolle Zeit, um zu fliehen. Als dann ein Warnschrei von hinter dem Haus ertönte, war das zu viel für den Magier. Mit einem Wutgeheul verlor er die Geduld. Er stieß seine Krieger beiseite und zerrte schließlich Krik am Gürtel rücklings von Pralew weg. Der Krieger war gerade in einer Parade, verlor das Gleichgewicht und krachte zu Boden, aber das war dem Vivol egal. Die Adern an seinem Kopf waren geschwollen und pulsierten vor Wut. Amring streckte die Hand vor und ein riesiger Feuerball schoss auf den Zimmermann zu, hüllte ihn völlig ein. Sofort stand Pralews Kleidung in Flammen. Er schrie vor Schmerzen auf. Trotzdem blieb er mit eisernem Willen wie eine menschliche Fackel aufrecht im Eingang stehen. Kein weiterer Schrei kam aus seiner Kehle.

Auf diese Weise hatte Amrings Zauber seine Wirkung auf phänomenale Weise verfehlt. Statt den Weg frei zu brennen, wurde er nun von einer lebenden Flammenwand versperrt. Langsam griff das Feuer auf das Haus, um Pralew herum über. Amrings Krieger starrten mit ehrfürchtig geöffneten Mündern den alten Mann an, der immer noch stand und Widerstand leistete. Krik, der sich wieder aufgerappelt hatte, fasste sich als Ehrenbezeugung mit der Hand an den Kopf und gab dem alten Mann so seinen letzten Gruß.

Amring fasste sich als erster wieder: „Ihr zwei bleibt hier, die anderen kommen mit hinters Haus!"

Als der kleine Trupp dort ankam, fanden sie ihre Kameraden, den einen tiefgefroren, den anderen bewusstlos. Von Nyvien war keine Spur zu entdecken. Amring fluchte sich die Seele aus dem Leib. „Was steht ihr da noch rum und glotzt? Schwärmt aus und sucht dieses Miststück!"

Er selbst kletterte über den Zaun und lief suchend die Straße entlang bis zur nächsten Seitengasse. Nichts schien verdächtig. Vor Wut zerrte er einen knienden Bettler auf Augenhöhe zu sich hoch und presste ihn gegen eine Wand: „Ist hier eben eine Frau entlang gerannt? Anfang dreißig, braune Locken?"

Der Bettler schüttelte den Kopf. Er hätte auch nichts sagen können, da Amring ihm die Luft abpresste. Enttäuscht ließ der Magier den Mann fallen. Er krachte auf den Boden, wo er sich wimmernd zusammen krümmte. Amring schlug vor Wut mit der Faust gegen die Wand bis die Knöchel blutig waren. Zum Abschluss versetzte er dem wehrlosen Bettler einen heftigen Tritt in den Bauch. Dann fasste er sich wieder und ging mit soviel Würde, wie er nur aufbringen konnte, zu seinen Männern zurück. Der Bettler hinter ihm richtete sich stöhnend auf, grinste und zeigte hinter Amrings Rücken den Stinkfinger.

11. Kapitel

AUF MESSERS SCHNEIDE

yvien wusste nicht, was sie tun sollte.

Amring suchte bestimmt nach ihr. Einerseits wäre es daher gut, die Stadt zu verlassen, andererseits müsste sie dann aber ihr Amulett zurücklassen. Und ihrem eigentlichen Ziel, Aroshs Blatt für den Widerstand zu gewinnen, war sie auch nicht näher gekommen.

Konnte sie da jetzt den Schwanz einkneifen und abhauen?

Nein, es war besser, wenn sie in der Stadt blieb. Das Amulett war viel zu wertvoll. Wer damit umgehen konnte, dem wies es den Weg nach Vivol zum großen Weltentor der Druiden. Nicht auszudenken, wenn es in falsche Hände fallen würde. Um ihren Talisman wieder zu erlangen, musste sie irgendwie einen Zugang zum Tunnelsystem unter der Stadt finden. Ob sie wollte oder nicht, dafür war sie auf fremde Hilfe angewiesen. Zu Pralews Hütte konnte sie nicht zurück. Sie wurde bestimmt bewacht, wenn sie überhaupt noch stand. Die einzige Person, die ihr einfiel und vielleicht helfen konnte, war der Händler Glidon. Er hatte Pralew zu Leathan geschickt. Mit etwas Glück, wusste er, wie sie unter die Halle der Finsternis gelangen könnte.

Nachdem sie die Entscheidung gefasst hatte, machte sie sich sofort auf den Weg ins Holften der Händler. Sie wusste zwar nicht genau, wo Glidon wohnte, aber sie war sich sicher, dass man ihr dort den Weg weisen konnte. Unterwegs machte sie einen kurzen Abstecher zum Marktplatz, der ja im Holften der Händler lag. Sie hoffte, den seltsamen alten Straßenverkäufer wieder zu treffen, der ihr das Pergament mit dem Mauszauber verkauft hatte. Sie würde sich gerne noch einmal in Ruhe mit ihm unterhalten. Vielleicht hatte er Kuriositäten im Angebot und außerdem musste sie ihm noch Danke sagen. Sein Zauber hatte sie schließlich gerettet. Lange spazierte sie über den Markt und hielt nach ihm Ausschau, aber der Mann war unauffindbar. Schließlich fragte sie sogar an einigen Ständen. Aber immer wenn sie das doch eigentlich sehr einprägsame Aussehen des Alten beschrieb, schüttelten alle nur unwissend den Kopf. Sie bekam fast den Eindruck, als hätte sie sich die ganze Begegnung nur eingebildet.

Als sich der Nachmittag dem Ende entgegen neigte, gab sie schließlich auf und ging weiter hinein in das Holften der Händler. Es war nicht schwer, Glidons Haus zu finden. Gleich die erste Person, die Nyvien fragte, konnte ihr den Weg weisen. Wenig später stand sie vor einem schmucken Anwesen, das von einer hohen Mauer umgeben wurde. Über den Rand konnte man den ersten Stock eines prächtigen Hauses erkennen. Kräftig zog sie an einem Eisengriff in Form eines Oroboros, der als Türglocke diente. Längere Zeit passierte nichts. Nyvien war schon fast versucht, noch einmal zu läuten, als eine Luke im Tor aufgeschoben wurde. Hindurch blickte ein in Ehren ergrautes, hager wirkendes Gesicht mit einem leicht arroganten Ausdruck. Der Mann musterte Nyviens Erscheinung skeptisch. „Was wünscht die Dame?", fragte er mit einer leicht näselnden Stimme.

„Ich möchte bitte Herrn Glidon sprechen", antwortete die Magierin gelassen.

„Der Herr ist derzeit nicht im Haus. Er inspiziert die Lagerhallen. Wenn ich ihm etwas ausrichten kann ...?"

„Ja, sagen Sie ihm, die Hohepriesterin Nyvien wünscht ihn in einer dringenden Angelegenheit zu sprechen. Ich komme dann später noch einmal wieder!"

Mit einer gewissen Schadenfreude bemerkte die Magierin, wie nach diesen Worten die Miene des Mannes erstarrte. Als sie sich umdrehte und Anstalten machte, wieder zu gehen, vernahm sie hinter sich ein leises Hüsteln.

„Ähm, unter diesen Umständen denke ich, dass der Herr sicherlich nichts dagegen hat, wenn ich Sie im Haus warten lasse. Bitte treten Sie doch ein!"

Die Tür öffnete sich. Der Mann stellte sich als der Hausdiener Hon vor. Er verschloss rasch das Tor und führte die Magierin Richtung Haus. Das Gebäude war groß und sehr gut in Schuss. Das bestätigte Nyvien in dem, was sie über den Händler gehört hatte. Es schien zu stimmen, dass sich sein fortwährender Reichtum vor allem durch die zum Schein gewahrten guten Kontakte zu den Militärs Shabaths erklären ließ. Wie sonst hätte er sein Anwesen so unbeschadet durch die unruhigen Zeiten der jüngsten Vergangenheit bringen können? Auch der kleine aber freundlich gestaltete Garten, der zwischen Mauer und Haus lag, machte einen gepflegten Eindruck. Eine Terrasse mit einem Schaukelstuhl und weiteren Sitzgelegenheiten wurde von einem mit Rosenstöcken bepflanzten Rankgitter umrahmt. Es musste sehr gut duften, wenn die Pflanzen in Blüte standen.

„Wenn Sie nichts dagegen haben, werde ich hier warten und noch die letzten Strahlen der Sonne genießen", hielt Nyvien den Diener auf.

„Selbstverständlich! Machen Sie es sich bequem!"

Nyvien hatte eben Platz genommen, als Hon schon mit einem Becher Wasser und einem Märchenbuch zum Zeitvertreib zurückkehrte.

Als sie das zweite Märchen beendet hatte, hörte sie Schritte im Haus. Sie wandte den Kopf und sah einen etwas fülligen, aber kräftigen Mann aus der Tür treten: „Hohepriesterin", sagte er, „ich habe schon mit Euch gerechnet."

Die ausgewählt gute Kleidung und die wertvollen Ringe an der rechten Hand wiesen ihn eindeutig als den Hausherren aus. Sein Gesicht war rundlich und obwohl es gerade einen ernsten Ausdruck zur Schau trug, zeugten die Lachfältchen doch von einem eher fröhlichen Gemüt. Das leicht angegraute dunkle Haar trug er kurzgeschnitten. In Verbindung mit einem Vollbart umrahmte es sein Gesicht und ließ ihn etwas älter wirken, als er tatsächlich sein mochte.

„Dann müsst Ihr Glidon sein!", folgerte Nyvien. „Aber warum habt Ihr bereits mit mir gerechnet?"

Die Miene des Händlers verfinsterte sich: „So, dann wisst Ihr es also noch gar nicht? Pralew ist tot! Amring hat ihn mitsamt seiner Hütte niedergebrannt. Es muss entsetzlich gewesen sein. Um auf Eure Frage zurück zu kommen, ich hatte mir schon gedacht, dass Ihr auf der Suche nach einer Unterkunft bei mir vorbeischauen würdet. Ihr seid willkommen."

Nyvien schlug die Augen nieder. In ihrem Inneren hatte sie damit gerechnet, dass Pralew tot sein könnte, aber es jetzt sicher zu wissen, war etwas ganz anderes. Sie hatte den alten Mann in den letzten Wochen richtig lieb gewonnen. „Das tut mir sehr Leid", flüsterte sie.

„Mir auch! Er hatte das Herz am rechten Fleck. Ein guter Mann, der dem Widerstand fehlen wird. Aber er ist nicht der Einzige. Sie haben die meisten der Zimmerleute verhaftet, die am Bau der Halle der Finsternis beteiligt waren!"

Obwohl Glidons Stimme traurig klang, konnte die Magierin nicht umhin, den leicht vorwurfsvollen Ton zu bemerken. Was daran am meisten schmerzte, war die Tatsache, dass der Händler damit eigentlich Recht hatte. Sie trug einen Großteil der Schuld an diesen Vorfällen und hatte nichts dafür vorzuweisen.

„Es tut mir Leid", sagte sie noch einmal.

„Nun, daran lässt sich jetzt nichts mehr ändern. Ich nehme an, Ihr seid hier, weil Ihr eine neue Unterkunft braucht und weitere Hilfe benötigt. Morgen um Mitternacht soll Aroshs Blatt verbrannt werden. Beabsichtigt Ihr immer noch, es zu retten?"

Nyvien musste einen Moment nachdenken. Schließlich schüttelte sie den Kopf: „Nein, ich glaube, dass die Reliquie derzeit in Sicherheit ist. Ich denke, sie werden morgen Nacht ein einfaches Stück Papier verbrennen, um nicht zugeben zu müssen, dass sie das Blatt verloren haben. Zumindest ist das meine Hoffnung."

Dann erzählte sie ihre ganze Geschichte. Glidon nahm auf einem der Holzstühle Platz und hörte ihr aufmerksam zu. Als sie geendet hatte, war es schon dunkel geworden und so zogen sie sich ins Innere des Hauses zurück.

Da Nyvien angedeutet hatte, dass es noch weitere Dinge zu besprechen gab, führte Glidon sie in sein Arbeitszimmer, wo sie es sich in einer gemütlichen Sitzecke bequem machten. Nyvien kam dann auch schnell zu dem Punkt, der sie am meisten beschäftigte. Sie machte Glidon noch einmal eindringlich die Bedeutung ihres Amulettes und die Wichtigkeit seiner Wiederbeschaffung klar. Als sie berichtete, dass man mit Hilfe des Talismans den Weg nach Vivol finden konnte, wurde der Gesichtsausdruck des Händlers starr: „Ich sehe ein, dass dieses Amulett sehr wichtig für Euch ist", sagte er, „aber ich weiß nicht, wie ich Euch helfen könnte, es wiederzufinden."

„Nun, ich hatte gehofft, dass Ihr über die Gänge und Wege unter der Stadt Bescheid wüsstet. Ihr kennt doch sicherlich einen Eingang, der in der Nähe des Marktplatzes liegt, oder?"

„Ah, ich sehe, was Ihr meint. Nun, leider muss ich Euch enttäuschen. Ich kenne sehr wohl einige mehr oder weniger geheime unterirdische Gänge, die wir für den Widerstand nutzen, aber die führen alle aus der Stadt hinaus, beziehungsweise in die Stadt hinein.

Der Marktplatz liegt zu zentral."

„Aber Ihr denkt schon, dass es auch dort unterirdische Tunnel gibt, oder?"

„Nun, das weiß ich sogar mit ziemlicher Sicherheit. Es existiert ein regelrechtes Netzwerk an Gängen, aber diese Wege werden nicht von Unsereinem benutzt. Sich dort aufzuhalten ist nicht gerade ungefährlich!"

„Wer könnte mir Eurer Meinung nach behilflich sein, einen passenden Eingang zu finden?"

Der Händler dachte einen Augenblick nach, wobei sein Gesicht wieder einen ernsten Ausdruck annahm. „Nun", brachte er schließlich heraus, „es ist mir zwar zuwider diese Person weiterzuempfehlen, aber ich denke, dass Sip in diesem Fall einer der besten Ansprechpartner sein dürfte."

„Sip?"

„Nun, Ihr seid nicht von hier. In der Stadt ist er in etwa so bekannt wie das Schwert Leathans, nur auf eine andere Art und Weise, wenn Ihr wisst, was ich meine. Ein widerlicher Kerl, aber er versteht sein Handwerk, das muss man ihm lassen! Ich hatte schon oft Ärger mit ihm, konnte ihm aber nie etwas nachweisen."

„Und was macht dieser Sip nun genau?", fragte die Magierin etwas genervt, weil sie dem Händler jede Information einzeln aus der Nase ziehen musste.

„Nun, er ist ein Herumtreiber, ein Tunichtgut, ein Dieb! Es heißt, keiner würde das Labyrinth unter der Stadt so gut kennen wie er. Seit der Invasion taucht er regelmäßig bei mir auf und will in den Widerstand aufgenommen werden."

Nyvien verschluckte sich und musste husten. „Er will was?"

„Weiß der Henker warum, aber er will bei Leathans Widerstandskämpfern mitmachen. Irgendwie scheint das eine fixe Idee von ihm geworden zu sein. Ich habe ihn natürlich jedes Mal zum Teufel gejagt. Wäre ja so, als wollte man einen Wolf in seine Schafherde aufnehmen. Wie gesagt, er ist alles andere als ein Freund von mir, aber für Euer Problem erscheint er mir die geeignete Lösung zu sein."

„Kann ich ihm trauen?"

„Nur so weit wie ein Fisch spucken kann!"

„Na, das nenne ich beruhigend. Und wo kann ich ihn finden?"

„Ich habe ihn bislang noch nie gesucht, aber ich schätze, Ihr müsst einfach der Reihe nach alle Wirtshäuser abklappern!"

*

Nyvien verbrachte den ganzen nächsten Tag mit der Suche nach

dem ominösen Sip. In allen Kneipen und Spelunken, in denen sie
nach ihm fragte, kannte man den Namen des Diebes zwar, aber seit
längerem hatte ihn keiner mehr gesehen. Einige waren der Ansicht, er
wäre dem Widerstand beigetreten, andere verneinten das heftigst mit
dem nicht ganz unberechtigten Einwand, dass man ihn da nie
nehmen würde. Nyvien war nie aufgefallen, wie viele Wirtshäuser es
in Arosh Thar Castle gab. Den ganzen Tag spazierte sie von einem
Trinktempel zum anderen und erntete nur Frust und Enttäuschung.
Als letzten Versuch vor der Verbrennung von Aroshs Blatt, die sie
auf keinen Fall verpassen durfte, machte sie sich auf den Weg zum
Kichernden Wiesel, der verrufensten Taverne in der ganzen Stadt. Die
Kneipe lag in einer der finstersten Ecken der Holfte der
Waffenschmiede. Es war eigentlich ein Witz, das Viertel noch so zu
bezeichnen, denn die meisten Waffenschmiede waren von Shabaths
Schergen zur Zwangsarbeit nach Dune gebracht worden. Das
Kichernde Wiesel machte nicht eben einen vertrauenserweckenden
Eindruck auf die Magierin. Das Gebäude war heruntergekommen
und sah aus, als könne es jeden Moment über den Köpfen der
Zecher zusammenbrechen. Ein Holzschild hing schief in einer
Halterung über der Tür. Es quietschte ekelhaft, wenn der Wind es
zum Schwingen brachte. Ein namenloser Künstler, vermutlich der
Wirt oder eine ähnlich unbegabte Person, hatte in bereits
verblichener Farbe ein sich krümmendes Wollknäuel gepinselt, das
für alle Eingeweihten wohl ein sich vor Lachen biegendes Wiesel
darstellen sollte. Rauch und Geschrei quoll aus den offenen Fenstern
auf die verdreckte Gasse und lockte die entsprechenden Leute ins
Innere, so wie der Gestank verfaulter Fische Katzen anzog. Es
kostete Nyvien einiges an Überwindung, die schwere Eichenholztür
aufzudrücken, die in den Schankraum führte.

Tabakqualm so dicht wie Nebel biss ihr in den Augen.
Verschwommen nahm sie jede Menge derbe Gestalten wahr. Nicht
ein einziger sah so aus, als ob die Pflanzenzucht sein Hobby sei. Als
ein schmieriger Fettwanst, der in der Nähe des Eingangs saß,
bemerkte, wer da hereingekommen war, ließ er ein anzügliches
Pfeifen hören. Einige wandten sich daraufhin um und starrten die
Magierin neugierig an. Als der Dicke dann im Vorbeigehen nach
ihrem Hintern grabschte, fand Nyvien, dass es an der Zeit war, ein
Exempel zu statuieren. Nyvien fixierte den Mann mit ihren silbernen
Augen. Dann machte sie eine schnelle Geste mit der Hand, so als
wolle sie zuschlagen, und spie ihm dabei „Verflucht sollst du sein,
Furunkelfresse!" entgegen. Die Worte waren für den Zauber
eigentlich unwichtig, aber Nyvien fand, dass sie das Ganze viel

eindrucksvoller gestalteten. Fast im selben Moment begannen hässliche rote Beulen im feisten Gesicht des Zechers zu sprießen. Einige Gäste um ihn herum begannen zu lachen. Der Mann blickte sich daraufhin verunsichert um, was wiederum dazu führte, dass ihn mehr Leute sahen. Wenig später bebte die gesamte Kneipe vor Gelächter. Es war zwar nur ein einfacher Illusionszauber, aber unter diesen Umständen von beeindruckender Wirkung. Kein weiterer Mann nahm sich daraufhin noch irgendwelche Freiheiten bei ihr heraus.

Nyvien ging zum Tresen vor, um mit dem Wirt zu sprechen. Sie redete nicht lange um den heißen Brei herum, sondern kam gleich zur Sache: „Ich suche Sip!"

Für einen Augenblick schaute sie der stämmige Aroshi erstaunt an. Er verkniff sich jedoch den Kommentar, der ihm auf der Zunge lag. Stattdessen blickte er sich aufmerksam in seinem Schankraum um. Schließlich schüttelte er den Kopf: „Tut mir Leid, Lady, aber heute hat er wohl seinen freien Abend!", ließ er in einem Anfall von Humor erklingen. Als Nyvien jedoch keine Anstalten machte, wenigstens höflich zu grinsen, fügte er mit einem Seitenblick auf das verunstaltete Gesicht von Furunkelfresse hinzu: „Probiert es morgen noch mal. Er kommt recht oft her. Soll ich ihm etwas ausrichten?"

Nyvien schüttelte den Kopf und legte einen Arbath auf das raue Holz des Tresens: „Danke für die Auskunft!", sagte sie nur. „Dann bis die Tage."

Ohne einen der Gäste eines weiteren Blickes zu würdigen, ließ sie die Gastlichkeit des *Kichernden Wiesels* hinter sich. Es wurde Zeit, dass sie sich zum Marktplatz begab. Sie musste unbedingt wissen, ob sie das echte Blatt verbrennen würden, oder nur eine Fälschung.

*

Am nächsten Morgen war die Magierin in gehobener Stimmung. Was sie gestern Nacht auf dem Marktplatz verbrannt hatten, war mit Sicherheit nicht die Reliquie gewesen. Mit neuem Elan machte sie sich erneut auf die Suche nach Sip. Sie zog von einem Wirtshaus in das andere und kam sich immer mehr wie ein Trinker auf einer Sauftour vor. Sie schaute in den Gasthäusern vorbei, die sie schon kannte, entdeckte zu ihrem eigenen Erstaunen auch immer wieder mal ein neues, in dem sie noch nicht gesucht hatte. Auch im *Kichernden Wiesel* wurde sie wieder nicht fündig, obwohl man sich dort noch sehr gut an sie erinnern konnte. Allmählich begann sie zu glauben, dass es sich bei dem Dieb um eine Sagengestalt handelte. Missmutig ließ sie es für diesen Abend genug sein.

Auch der dritte Tag ihrer Suche verlief enttäuschend. Von Sip war auch diesmal nichts zu entdecken. Nyviens Laune war daher nicht gerade die beste, als sie am Abend die nun schon vertraute Eichentür des *Kichernden Wiesels* aufschob. Von einigen Seitenblicken begleitet, kämpfte sie sich bis in Sichtweite des Tresens vor. Als der Wirt sie erkannt hatte, verzogen sich seine Mundwinkel zu einem Lächeln. Er deutete in die dunkelste Ecke seines ohnehin finsteren Schankraums. Die Magierin nickte als Zeichen, dass sie verstanden hatte. Am Tisch in der Ecke neben einer Tür, auf der <Privat> zu lesen stand – für die des Lesens unkundigen war sie zusätzlich noch mit einem Totemkopf verziert – entdeckte sie einen Mann, auf den die Beschreibung von Sip passte. Er war in ein leises Gespräch mit zwei Gestalten an seinem Tisch vertieft und wandte ihr das Profil zu. Sein langes schwarzes Haar hing, zu einem Zopf geflochten, fast bis zur Sitzfläche seines Stuhls hinab. Er war dunkel gekleidet, seine Gestalt wirkte klein aber drahtig.

Ohne den Kopf zu wenden, erhob er die Stimme: „Bitte nehmen Sie doch Platz, verehrte Dame, die beiden Herren wollten ohnehin gerade aufbrechen!"

Ungeachtet der Tatsache, dass ihre Bierhumpen noch halb voll waren, erhoben sich seine Gesprächspartner ohne Widerworte, nickten ihm kurz zu und verschwanden durch die Tür mit dem Totemkopf. Bevor Nyvien sich setzen konnte, hatte der Mann das Bier aus den anderen Humpen in seinen eigenen umgeschüttet. Was zuviel war goss er sich in einem Strahl in den offenen Mund, ohne dabei zu schlucken. Dann rülpste er herzhaft. Das Ganze war mit einer solchen Geschwindigkeit und Selbstverständlichkeit passiert, dass die Magierin wider Willen ein klein wenig grinsen musste. Nachdem sie Platz genommen hatte, starrte ihr der Mann aufreizend lange in die Augen. Er hatte eine sehr dunkle Iris, die im Dämmerlicht des Wirtshauses wie ein schwarzes Loch wirkte und in krassem Gegensatz zu den fast weißen Augen von Nyvien stand. Obwohl die Magierin etwas überrascht war, hielt sie dem Blick des anderen stand. „Du hast mich gesucht?", sagte dieser schließlich.

„Wenn Ihr Sip seid, ja!"

„Klar bin ich Sip! Und damit du's auch glaubst, kannst du mir gleich ein Schlückchen spendieren, mein Schnuckelpüppchen!"

Mit größter Beherrschung ignorierte Nyvien das Schnuckelpüppchen und starrte auf den vollen Humpen in Sips Händen: „Mir will scheinen, Ihr habt noch ein Bier!"

„Och, bis das andere da ist, hab ich hier schon lange Luft reingefüllt!"

Die Magierin zuckte mit den Schultern und winkte dem

Schankburschen. Sie bestellte zwei Bier. Vom ersten Eindruck musste sie Glidon Recht geben, Sip war nicht wirklich jemand, den man ständig um sich haben wollte. Sie konnte verstehen, warum sich der Kaufmann so hartnäckig weigerte, ihn in Leathans Widerstandstrupp einzuführen.

„Mit wem habe ich die Ehre?", fragte Sip, der nun mit affektierter Stimme den Tonfall seiner Gesprächspartnerin nachäffte. Die Magierin beugte sich etwas zu ihm vor und flüsterte: „Nyvien"

„Nyvien!", schrie Sip und wandte sich mit großer Geste an das ganze Lokal, „Hey Leute, ratet mal, wer hier mit mir am Tisch sitzt? Unsere hochverehrte Hohepriesterin Nyvien!"

Die Magierin wurde stocksteif vor Schreck, aber in der Wirtsstube kümmerte sich keiner um Sips Ausbruch. Allein am Nachbartisch zwinkerte ihnen jemand zu und hob seinen Humpen: „Ja klar! Prost Sip!"

Nyvien entspannte sich wieder.

„In Ordnung, dann also Nyvien!", wandte sich der Dieb wieder seinem Gegenüber zu. „Kein schlechter Tarnname übrigens, klingt so nach Widerstand. Ist allerdings auch nicht so ganz ungefährlich. Wenn das die falschen Leute mitkriegen, kann das ganz böse enden. Na ja, ich will übrigens auch zum Widerstand, aber dieser verteufelte Händler ignoriert mich die ganze Zeit. Dabei wäre ich mit Sicherheit eine große Bereicherung! Was ich so alles kann und weiß! Keiner ..."

Nyvien, die dem Redeschwall bislang in der vagen Hoffnung gelauscht hatte, er würde irgendwann enden, verlor die Geduld und unterbrach das Geschwafel: „Sip! Ich bin wirklich Nyvien!"

„Sicher, und ich bin eigentlich Shabath, hab bloß meine Maske verlegt!"

„Verflucht noch eins! ICH BIN NYVIEN!"

Die Magierin war so laut geworden, dass von den Nachbartischen die Leute zu ihr herüberschauten. Ein Mann mit einer auffälligen Narbe unter dem linken Auge verließ hastig das Wirtshaus. Nyvien wurde bleich, als sie merkte, was sie getan hatte. Sip saß ihr mit offenem Mund gegenüber und schwieg. Ein Zustand, den die Magierin nicht zu schätzen wusste, weil sie den Dieb noch nicht lang genug kannte. Sip schloss den Mund wieder und schluckte: „Ich glaube, es ist besser, wir reden an anderer Stelle weiter", sagte er und seine Stimme hatte dabei einen ungewöhnlich ernsten Klang. „Komm!" Er zog Nyvien vom Stuhl hoch und zur Tür mit dem Totenkopf. Er schob sie hindurch, kehrte dann aber noch einmal kurz um und schüttete sich in einem Zug sein Bier in den Hals.

„So eilig hatte ich es bisher noch nie, dass ich das gute Zeug verkommen lassen hätte!", grinste er Nyvien an und zog dann die Tür hinter ihnen zu.

Sie standen in einem Gang, von dem mehrere Türen abzweigten. Sip ging zielsicher an allen vorbei, bis zu der, am Ende des Flurs. Dahinter lag ein verlassener Innenhof. Hastig zog sie der Dieb weiter. Nyvien bemerkte mit einem leichten Schmunzeln, dass er kleiner war als sie. An seinem Gürtel hingen zahlreiche Messer, die meisten davon Wurfmesser, wie sie erkannte. Obwohl Sip glaubte, dass sie keiner bemerkt hatte, führte er die Magierin so lange durch die Gassen, bis diese nicht mehr wusste, wo sie sich befanden. Schließlich war Sip sicher, etwaige Verfolger abgehängt zu haben und verschwand in einem Gasthaus.

Nachdem Nyvien erneut zwei Bier bestellt hatte – diese kamen dann auch tatsächlich, bevor sie das Lokal fluchtartig verlassen mussten – begannen sie ihr Gespräch von neuem. Sip war ungewöhnlich ruhig und hörte der Magierin aufmerksam zu, als diese ihr Problem schilderte. Sie erzählte, dass sie etwas in den Tunneln im Bereich unterhalb der Halle der Finsternis suchte. Was genau sie zu finden hoffte und wie es dahin gekommen war, vertraute sie dem Dieb jedoch nicht an. Als Nyvien geendet hatte, kratzte sich Sip am Kopf. Schließlich meinte er: „Gegen einen gewissen Gefallen, könnte ich dir sicherlich einen entsprechenden Eingang zeigen. Ich werde dir aber auf keinen Fall bei der Suche helfen. Diesen Teil des Tunnelsystems betrete ich nicht!"

„Warum nicht?"

Sip druckste etwas herum: „Nun, dort haust ein schreckliches Wesen, das diesen Abschnitt des Labyrinths beherrscht."

„Und weiter? Um was für ein furchtbares Untier handelt es sich?", fragte Nyvien etwas genervt, dass der Dieb so mit Informationen geizte.

„Ein Wurm!", stieß Sip schließlich hervor.

„Ein Wurm?", Nyvien brach in Lachen aus. „Sag mir jetzt nicht, dass du diesen Teil der Tunnel nicht betrittst weil dort ein Wurm sein Unwesen treibt."

Der Dieb grinste schief: „Nun ja, es ist ein ziemlich großer Wurm. Um genau zu sein, handelt es sich bei diesem Exemplar um einen Lindwurm, wenn du weißt was ich meine!"

Nyvien verschluckte sich beinahe. Ja, von Lindwürmern hatte sie schon gehört. Sie hatten ihren Namen von der lindgrünen Farbe ihrer Schuppen und dem wurmförmigen Aussehen. Mit Würmern hatten sie aber eigentlich nichts gemein, vielmehr zählten sie zu den Reptilien. Sie galten als verschlagen und gefährlich und sie waren intelligent. Nein, in eine Gegend in der sich ein Lindwurm herumtrieb würde sie unter normalen Umständen auch nicht freiwillig eindringen. Allerdings hatte sie in diesem Fall wohl kaum eine Wahl, zumindest, wenn sie ihr Amulett wieder zurück haben wollte.

„Nun", sagte sie daher, „das ist nicht wirklich erfreulich, ändert aber nichts an der Tatsache, dass ich trotzdem diesen Teil des unterirdischen Gangsystems betreten muss!"

„Mir soll's recht sein", entgegnete Sip, „aber alles hat seinen Preis!"

„Ja?"

„Nun, da ich mittlerweile glaube, dass du tatsächlich Nyvien bist, will ich keinen finanziellen Nutzen aus deiner Situation ziehen. Es reicht, wenn du mich in Leathans Widerstandstrupp einführst!"

„Wie bitte!?" Nyvien hätte beinahe einen Schluck Bier wieder ausgespieen.

„Nun, wenn du tatsächlich die Hohepriesterin Aroshs bist, dann solltest du auch Kontakt zu Leathan haben. Es wird doch wohl nicht zuviel verlangt sein, ihn mir kurz vorzustellen, oder?"

„Warum um Aroshs Willen möchte ein Dieb der Widerstandsbewegung beitreten?"

„Das ist meine eigene Sache! Also, geht das klar? Ich zeige dir einen Eingang und du zeigst mir Leathan?"

„Nein, das kann ich unmöglich machen! Ich bezweifle ohnehin, dass mein Wort dir diesbezüglich weiter helfen könnte. Wie viel verlangst du?"

„Ich will keinen einzigen verfluchten Foresh! Ich will nur die Chance, etwas gegen den Dunkelfürst zu unternehmen. Stell mich Leathan vor!"

„Nein! Ich kann dich nicht zu Leathan führen und Leathan hat nicht die Zeit, zu dir zu kommen. Es geht nicht!" Die Magierin hielt inne und dachte einen Augenblick nach. Dann hatte sie eine Idee. „Es gäbe da aber doch etwas, dass ich für dich tun könnte. Wenn du mir den Eingang zeigst, werde ich Aroshs Blatt für dich befragen! Vielleicht kannst du so herausfinden, wie du ein Mitglied im Widerstand wirst."

„Haha! Aroshs Blatt haben sie vor zwei Tagen verbrannt!", konterte Sip.

„Das stimmt nicht! Die Reliquie gibt es immer noch. Ich war bei der Verbrennung und das was da in Flammen aufging, war nicht Aroshs Blatt! Ich weiß, wo sich die echte Reliquie befindet und nur ich als Hohepriesterin kann sie für dich befragen."

„So? Dann zeig mir dein Amulett, damit ich sicher sein kann, dass du auch wirklich die Hohepriesterin bist! Dann gilt der Handel. Ich zeige dir einen Eingang und du befragst für mich Aroshs Blatt!"

Nyvien schwieg einen Augenblick und dachte nach. Spontan entschied sie sich dann, Sip zu vertrauen. Er war zwar ein Gauner, aber er schien so etwas wie ein ehrlicher Dieb zu sein, wenn es so etwas überhaupt gab. Sie hatte das Gefühl, dass sie sich auf sein gegebenes Wort verlassen konnte. Sie rückte noch näher an Sips Stuhl heran und erzählte ihm die ganze Geschichte. Der Dieb spürte, welches Vertrauen ihm entgegen gebracht wurde. So runzelte er nur die Stirn, als er hörte, dass Aroshs Blatt zwar sehr wahrscheinlich nicht verbrannt worden war, sich aber im Moment doch auch alles andere als in Sicherheit befand.

Sie diskutierten noch lange miteinander, aber als Sip den Boden seines sechsten Bierhumpens erreichte, hatten sie sich schließlich geeinigt. Morgen Abend würden sie sich treffen und der Dieb würde die Magierin zu einem Eingang in das Tunnellabyrinth unter Arosh Thar Castle führen. Er selbst würde dann in die Halle der Finsternis eindringen, um dort Aroshs Blatt zu stehlen. Am Tag darauf würden sie sich, wenn alles gut ging, an einem geheimen Ort im zerstörten Pan der Elfen treffen und dort würde Nyvien dann Aroshs Blatt für Sip befragen.

*

Am nächsten Abend trafen sich die beiden in dem Wirtshaus wieder, in dem sie ihre Übereinkunft geschlossen hatten. Erst als es richtig dunkel geworden war, machten sie sich auf den Weg. In einer Seitengasse, die vom Markt wegführte, gab es ein baufälliges, altes Haus. Obwohl dort keiner mehr wohnte und dieser Eingang in das Tunnelnetzwerk wegen des Lindwurms so gut wie nie benutzt wurde, hatte Sip darauf bestanden, nur im Schutz der Dunkelheit hierher zu kommen. Bevor sie die Gasse betraten, schaute sich der Dieb unauffällig um. Als er sich sicher fühlte, gab er Nyvien ein Zeichen und sie huschten in die Finsternis des Gässchens. Nyvien hatte Mühe, Sip auf den Fersen zu bleiben. Trotz all ihrer Anstrengungen war der Dieb plötzlich wie vom Erdboden verschluckt. Die Magierin rechnete jeden Moment mit einem Schlag über den Kopf.

Sollte sie sich in ihrer Einschätzung von Sip getäuscht haben?

Unentschlossen verharrte sie. Dann zog jemand kräftig an ihrem Arm und sie hatte den verrückten Eindruck, sie würde in der Hauswand versinken. Sie stieß einen winzigen Schreckensschrei aus, aber eine Hand presste sich sofort auf ihren Mund.

„Ja willst du hier Wurzeln schlagen, oder worauf wartest du?", flüsterte Sip ihr ins Ohr.

Der Dieb hatte sie soeben durch eine Lücke in der Wand ins Innere des Hauses gezerrt. Die Magierin stöhnte und riss Sips Arm von ihrem Mund weg. Die Mischung aus Staub, Schweiß und Biergeruch, die der Hand anhaftete, hätte ausgereicht, um ein Kleinkind zu betäuben. Unbeeindruckt packte Sip sie an der Schulter und führte sie weiter.

Nyvien hatte bald jegliche Orientierung verloren.

„Vorsicht! Jetzt kommen Stufen!“, hauchte ihr Führer ihr entgegen, als ihr erster Schritt schon ins Leere getreten war. Am Ende der Treppe ließ er sie los. Für einen winzigen Augenblick überkam Nyvien wieder das Gefühl, einen schrecklichen Fehler begangen zu haben. Dann hörte sie das Schlagen von Feuerstein und sah winzige Funken aufsprühen. Wenig später grinste sie der Dieb im Licht einer Fackel an: „Mich deucht, die Hohepriesterin ist etwas bleich um die Nase herum. Hier geht es weiter!“

Nyvien wollte etwas Kesses erwidern, aber wie so oft in solchen Situationen fiel ihr nichts Passendes ein. So blieb ihr nichts anderes übrig, als sich mit einem abschätzigen Grunzen zufrieden zu geben.

Sie befand sich in einem vollkommen verdreckten und verwahrlosten Keller. Die Treppe, die sie eben im Dunkeln hinabgestiegen war, sah so brüchig aus, dass Nyvien sie bei Licht wahrscheinlich niemals benutzt hätte. Mehr Zeit sich umzusehen blieb ihr nicht, denn Sip war mit dem Licht bereits im Nebenraum verschwunden. Sie stieg über einen Haufen zerborstener Holzregale und folgte ihm. Staub und Schimmelgeruch lagen in der Luft und ganz schwach war da noch ein weiterer furchterregender Gestank, den sie nicht zuordnen konnte.

In der Ecke des zweiten und letzten Kellerraumes wartete Sip auf sie: „So, weiter gehen nur Selbstmörder! Da ich sehr an meinem bescheidenen Leben hänge, wirst du den Rest deines Weges wohl alleine bestehen müssen. Bist du dir sicher, dass es das wert ist?“

Nyvien nickte und blickte dem Dieb fest in die Augen.

„Nun gut!“, redete der unverdrossen weiter. „Du wirst es schon wissen! Wenn ich weg bin, greif durch dieses Loch und zieh kräftig. Ein Teil der Wand wird sich öffnen. Der Gang dahinter führt nach Süden. Wenn du dich in dieser Richtung hältst, kommst du zwangsläufig unter dieser Finsterhalle durch. Viel Erfolg! Ich kümmere mich derweil um dieses Prophetie-Blättchen. Du befragst es dann für mich wie abgemacht?“

Wieder nickte Nyvien.

„Gut! Stimmt es eigentlich wirklich, dass nur Hohepriester das

Ding fragen können?"

„Fragen kann es jeder, aber eine Antwort bekommt nur ein Hohepriester!"

„Ähm, nichts für ungut, aber welche Hohepriester gibt es außer dir sonst noch?"

„Na, du hast ja eine tolle Art, einem Mut zu machen!"

„War nur so ein Gedanke. Du schaffst das schon!" Mit diesen Worten machte er sich auf den Rückweg. Im Türrahmen blieb er noch einmal stehen: „Ach, und Nyvien – pass auf Lindwürmer auf, ja?" Dann war er verschwunden.

*

Schnell vollführte Nyvien die Gesten des Lichtzaubers. Diese Magie gehört mit zu dem Ersten, was ein Zauberer lernt. Trotzdem ging ihr der Zauber nicht leicht von der Hand. Sie brauchte einen zweiten Versuch, bis endlich eine Lichtkugel über ihren Fingerkuppen schwebte. Sie nahm sich vor, auch die grundlegenden Zauber noch einmal ausgiebig zu wiederholen.

Skeptisch beäugte sie das Loch in der Wand, durch das sie laut Sip, greifen sollte. Es war genau handgroß und dahinter herrschte schwärzeste Finsternis. Ein kühler Hauch wehte ihr ins Gesicht, als sie hindurchstarrte. Dann gab sie sich einen Ruck, griff hinein und zog. Zuerst tat sich nichts, aber dann gab es einen Ruck und mit einem schabenden Geräusch konnte sie einen Teil der Wand wie eine Tür aufziehen. Ein Schwall feuchtkalter Luft kam ihr entgegen. Er trug diesen seltsamen Gestank mit sich, der ihr schon zuvor aufgefallen war. Schlagartig wurde ihr klar, dass das der Geruch des Lindwurms sein musste. Sie zuckte mit den Schultern. Letztlich war auch ein Lindwurm nur ein Tier, obgleich ein ziemlich großes. Ihre Zauberkräfte waren nun aber schon so weit wieder hergestellt, dass sie ein oder zwei Kampfzauber problemlos zustande bringen würde. Im Vertrauen auf ihre Fähigkeiten schickte sie die magische Lichtkugel voran und folgte ihr dann forschen Schrittes in den Tunnel.

Allem Anschein nach war der Gang schon sehr lange nicht mehr benutzt worden. Es roch unangenehm nach feuchtschimmliger Erde und stellenweise musste sie sich bücken, um nicht an die tiefhängende Decke zu stoßen. Ständig bröckelten Erdklumpen von oben herab. Es war nicht ersichtlich, welchem Zweck dieser Tunnel einst gedient hatte, aber er war eindeutig nicht für die Ewigkeit gebaut worden.

Nyvien folgte dem Gang und versuchte auf jede nur denkbare Gefahr vorbereitet zu sein; ein Einsturz, eine Falle, ein Lindwurm?

Ihre Anspannung wuchs. Nach etwa fünfzig Schritten gabelte sich der Tunnel. Beide Wege führten südwärts, der eine nach Südosten, der andere nach Südwesten. Welchen sollte sie nehmen? Sie entschied sich für den linken, der weniger stark nach dem stank, was sie für Lindwurm-Geruch hielt. Nach zwanzig Schritten stand sie jedoch vor einer Einsturzstelle und war gezwungen, umzukehren. Sie seufzte, als sie zurück an der Gabelung in den anderen Weg einbog.

Wenn es so sein sollte, dann sollte es eben so sein.

Erneut nach etwa zwanzig Schritten änderte sich das Aussehen des Tunnels. Wände und Decke waren hier gemauert und obwohl sie den Eindruck von Alter hinterließen, fühlte sie sich hier sicherer als in dem Erdgang. Der Gestank war hier so stark, dass ihr fast übel davon wurde. Auf Zehenspitzen schlich sie weiter. In regelmäßigen Abständen zweigten rechts und links Öffnungen ab. Dahinter befanden sich entweder weitere Gänge oder Räume. Je mehr Zeit sie hier verbrachte, umso stärker wurde der Eindruck, sie liefe durch ein verlassenes Haus. Hieß es nicht, Arosh Thar Castle sei auf den Ruinen einer älteren Stadt errichtet worden? Ach, es gab so viel, das sie noch nicht wusste.

Mit erhöhter Aufmerksamkeit folgte sie vorsichtig dem Hauptgang weiter nach Süden. Bei jeder Abzweigung hielt sie kurz an und lauschte. Dann erst blickte sie um die Ecke. Überall bot sich ihr der gleiche triste Anblick: Leere und Verfall. Allmählich begann sie sich Sorgen zu machen. Wie sollte sie ohne Orientierungshilfe in diesem Labyrinth die Stelle finden, an der ihr Amulett lag? Vielleicht war sie jetzt schon zu weit im Süden? Es würde eine Ewigkeit dauern, jeden der Seitengänge und Räume genau abzusuchen. Der Lindwurmgestank hatte immer weiter zugenommen. Mittlerweile stank es so bestialisch, dass sie sich eine wohlriechende Salbe aus ihrem Rucksack unter die Nase schmierte. Sie beschloss, noch etwa einhundert Schritte weiter in Richtung Süden zu gehen; dann würde sie umkehren und systematisch die Abzweigungen untersuchen.

Als sie jedoch um die nächste Ecke in einen Gang lugte, meinte sie, in der Ferne ein schwaches Leuchten auszumachen. Ob das ihr Talisman war, der immer noch tapfer sein Licht verstrahlte? Ein Versuch war das allemal wert. So änderte sie ihren eben gefassten Plan und folgte dem neuentdeckten Tunnel. Es dauerte nicht lange, bis sie die Quelle des Lichtes entdeckt hatte. Zu ihrer großen Freude war es in der Tat ihr Amulett, das unter einer Dreckschicht hervor schwach leuchtete. Über sich konnte sie das Waschgitter erkennen, durch das sie das Schmuckstück in ihrer Mausgestalt gezerrt hatte. Das immer wieder von oben kommende Wasser hatte wohl dafür gesorgt, dass das Amulett nicht unter Staub und Erde begraben worden war. Mit einem Freudenseufzer hob sie das gute Stück auf und wischte es an ihrem Ärmel sauber. Ein Stein der Erleichterung fiel ihr vom Herzen. Sie hatte ihr Amulett wieder und es war viel leichter gewesen, es wiederzufinden, als sie bis vor kurzem noch gedacht hatte. Mit einer schnellen Geste ließ sie die Zauberlicht-Kugel verschwinden. Jetzt hatte sie ja wieder ihr Amulett, das Helligkeit spendete.

Beseelt von einem Hochgefühl machte sie sich auf den Rückweg. Mit freudigem Elan bog sie um die Ecke zurück in den Hauptgang und hätte vor Schreck beinahe ihr wiedergewonnenes Amulett fallen gelassen. Mitten im Gang vor ihr thronte ein Wesen, wie sie noch nie zuvor eines gesehen hatte. Es füllte den Tunnel – ihren Rückweg – fast vollständig aus. Eine geifernde Fratze starrte ihr entgegen, vergleichbar mit der eines Leguans, nur zehnmal größer. Das Maul war nur leicht geöffnet, aber trotzdem hätte ihr Arm noch locker zwischen den spitzen Zahnreihen durchgepasst. Der heiße Atem, der der Öffnung entquoll, roch so stark nach Verwesung, dass Nyvien auch die wohlriechende Salbe unter der Nase nichts mehr nutzte. Die Galle kam ihr hoch. Als das Untier die Magierin erblickte, stellte es eine Art Halskrause auf. Klickend stießen die Schuppen gegen die Tunnelwand. Der Durchgang vor ihr war nun restlos ausgefüllt, mit Tier, mit Schlange, mit Lindwurm!

Über einen Lindwurm zu lesen war eine Sache, aber ihm leibhaftig gegenüber zu stehen eine ganz andere. Die violett glühenden Augen wirkten klein in dem riesigen Kopf und starrten Nyvien abschätzend an. Der lidlose Blick ließ ihr die Knie zittern.

„Eclair!", schrie sie und zielte mit ihrem Amulett auf das rechte Auge. Der Blendstrahl schoss aus ihrem Talisman und traf das riesige Reptil. Nichts passierte! Kein Zucken, kein Aufschrei, kein Aufbäumen, nichts! Das Tier klappte lediglich seinen Kragen ein und ließ ihn dann umso heftiger erneut gegen die Wand klicken. Es war als wollte es sagen: So, das war also dein Versuch? Jetzt bin ich an der Reihe! In Sekundenbruchteilen klappte das Maul auf und eine riesige lila Zunge peitschte ihr entgegen. Mit reflexartiger Geschwindigkeit sprang sie zurück in den Seitengang. Das violette Organ von der Dicke eines ihrer Beine zischte an der Öffnung vorbei. Mit staunend geöffnetem Mund stand sie da und starrte, wie es sich wieder zusammen zog und mit einem schmatzenden Geräusch aus ihrem Sichtfeld verschwand. Ihre Starre löste sich erst als sie ein Schaben hörte. Es klang, als würden Ketten über den Boden geschleift. Sie wusste genau, was das bedeutete. Der Lindwurm hatte Beute gewittert. Sie rannte so weit voran, bis sie einen sicheren Abstand zur Biegung hatte. Als sie sich umdrehte, tauchte die Visage des Untiers gerade um die Ecke hinter ihr auf. Ohne Zögern schleuderte sie ihm einen Feuerball entgegen. Mitten durch die davon schießende Flammenkugel sah sie noch die lila Zunge heranzischen; wie ein violetter Pflanzenstängel, der statt aus der Erde aus dem Feuer spross. Immer näher kam er, näher, immer näher. Sie stand noch immer nicht weit genug weg, realisierte sie in Panik. Trotz eines entsetzten Schrittes nach hinten klatschte die klebrige Spitze an ihre Brust und wollte sie von den Beinen reißen. Verzweifelt stemmte sie sich dagegen. Sie krallte sich mit der freien Hand an der Wand fest, dass ihr die Fingernägel brachen. Mit der anderen Hand presste sie das Amulett gegen die Zunge, die daraufhin seltsam zuckte. Dann riss der Stoff ihrer Bluse und das Organ peitschte zurück, einen Kleidungsfetzen mit sich ziehend. Sofort schickte sie einen zweiten Feuerball hinterher. Sie sah wie der Lindwurm den Rachen aufriss und ihren Zauber schlichtweg verschluckte. Das Geräusch, das das Reptil danach ausstieß, klang jedoch nicht nach Schmerzen, sondern schien viel eher ein Wohlgefühl auszudrücken. Nyvien hätte sich in den Arsch beißen können. Drachen mit Feuer zu bekämpfen, das war als wollte sie einen Fisch ertränken. Die Eismagie wäre der Zauber der Wahl gewesen, aber als sie in sich spürte, musste sie feststellen, dass ihre Kraft dazu nicht mehr reichte. Die wenigen Ruhetage hatten nicht ausgereicht, um ihre Energien vollständig zu regenerieren. Alles, was sie jetzt noch tun konnte, war die Beine in die Hand zu nehmen. Und genau das war es auch, was sie tat. Sie rannte den Gang entlang, vorbei an der Stelle, an der ihr Amulett gelegen hatte. Immer weiter hetzte sie. Hoffentlich war sie in keine Sackgasse geraten. Sie nahm sich nicht die Zeit, sich umzublicken. Dann tauchte zu ihrer großen Erleichterung ein breiter Gang vor ihr auf, der den ihren kreuzte. Sie bog nach links ab. Das war wenigstens grob die Richtung zurück zu dem einzigen Ausgang, den sie kannte. Sie bremste und schlitterte um die Ecke, aber mit einem Ploppen schoss die lila Zunge vor ihr her und versperrte ihr so den Weg. Der Schwung, den sie hatte, trieb sie gegen das violette Ding, das sich wie eine Bogensehne dehnte, dann aber wieder anspannte und sie rückwärts in die andere Richtung katapultierte. Im mittleren Teil war die Zunge offensichtlich nicht klebrig, denn die Magierin kam ohne Mühe frei. Ein, zwei Schritte konnte sie noch abfangen, aber dann stolperte sie und kippte nach hinten auf den Po, wie ein Baby, das gerade Laufen lernt. Das Reptil zog zischend seine Zunge wieder ein, verfehlte Nyvien dabei aber glücklicherweise. Rücklings und auf allen

Vieren wie eine Spinne kroch die Magierin in die trügerische Sicherheit des Ganges hinter ihr. Für kurze Zeit war sie jetzt vor ihrem Verfolger sicher.

Sie hatte sich soeben wieder auf die Beine gekämpft, als aus dem Tunnel, aus dem sie gekommen war, das ihr nun schon vertraute Schaben, das Nahen des Lindwurms ankündigte. Sie rannte nach Süden, immer weiter in die falsche Richtung, aber was blieb ihr auch anderes übrig? So schnell sie auch hetzte, das Untier blieb ihr auf den Fersen. Nyvien traute sich nicht in kleinere Tunnel abzubiegen, da sie Angst hatte, in eine Sackgasse zu geraten. Aber in den breiten Gängen konnte ihr der Lindwurm mühelos folgen.

Wann immer sie zurück blickte, war das Wesen hinter ihr und starrte sie mit lidlosen Augen an, Augen, die die gleiche violette Tönung wie die Zunge hatten. Ihr starrer Blick ließ ihr Mark und Bein gefrieren. Sie kam sich vor wie das Kaninchen vor der Schlange. Das Tier folgte ihr mit einer nicht zu verhehlenden Eleganz. Wie eine Wasserwoge schlängelte es sich durch das Labyrinth. Nyvien hatte den Eindruck, dass es noch nicht mit Höchstgeschwindigkeit unterwegs war. Aber warum holte es sie dann nicht ein? Warum war die Zunge noch nicht vorgeschnellt, hatte sie umschlungen und in das widerlich stinkende Maul gezerrt? Eben ging ihr dieser Gedanke durch den Kopf, als das lila Ding auch schon wieder auf sie zuschnalzte. *Jetzt ist es aus*, dachte sie noch, aber die Zunge schoss direkt an ihr vorbei und krachte an die Wand schräg hinter ihr. Dort blieb sie kleben. Nyvien musste über diesen Fehlschuss erleichtert grinsen. Aber das Lachen verging ihr sehr schnell, denn das Tier warf jetzt den Kopf zur Seite. Wie bei einer geschwungenen Peitsche ging eine Welle durch die gespannte Zunge. Ehe sie sich versehen hatte, wurde sie von den Beinen gefegt und in einen Seitengang geschleudert. Schnalzend verschwand das lila Organ wieder im Maul seines Besitzers. Der Magierin blieb nicht die Zeit, sich Gedanken zu machen. Sie rappelte sich erneut auf und hetzte blindlings weiter. Mittlerweile hatte sie vollständig die Orientierung verloren. Sie wusste nicht einmal mehr, in welche Himmelsrichtung sie gerade lief. Die Stürze und die Erschöpfung ließen sie langsamer werden, aber immer noch blieb der Lindwurm in gleichem Abstand hinter ihr. Erst als sich das seltsame Manöver mit der Zunge wiederholte und sie so in einen anderen Gang geschleudert wurde als der, in den sie ursprünglich gewollt hatte, ging ihr ein Licht auf. Das Reptil wollte sie nicht verschlingen, sondern trieb sie nur irgendwohin. Während sie sich wieder einmal auf die Beine kämpfte und weiter hastete, begann sie, ihr Gehirn zu durchforsten. Was wusste sie über

Lindwürmer? Zu wenig, das war klar! Warum fraß sie das Biest nicht auf, sondern hetzte sie stattdessen in eine bestimmte Richtung? Was konnte ein Lindwurm von ihr wollen?

Dann hörte sie es das erste Mal. Weit entfernt aus dem Tunnel vor ihr klang ein leises aber herzzerreißendes Quieken, das sich in unregelmäßigen Abständen wiederholte. Es drückte entsetzlichen Schmerz aus und hörte sich an, als würde ein Schwein geschlachtet. Je näher sie dem Geräusch kam, desto mehr berührte es sie. Irgendwo tief in ihrem Innern rief es ein Gefühl hervor, das sie noch nicht kannte. Auch ihre anderen Sinne begannen Dinge wahrzunehmen. Ihre Nase registrierte eine erneute Zunahme des Lindwurmgestanks, allerdings mit einer neuen undefinierbaren Note. Ihre Augen erblickten Schleifspuren am Boden und an den Wänden. Stückchen für Stückchen setzte ihr Gehirn aus all diesen Informationen ein Bild zusammen. Als sie schließlich in einen großen höhlenartigen Raum taumelte, war sie daher von dem Anblick nicht wirklich überrascht.

Was sie dort vor sich erblickte, hatten nur sehr wenige Menschen jemals gesehen. Und von denen die es vielleicht gesehen hatten, lebte ein Großteil nicht lange genug, um es einem anderen erzählen zu können. In der Mitte der Höhle lag in einer Art Kuhle eine Zwergversion ihres Verfolgers. Der Kopf war größer als der Rumpf, was dem Tier ein etwas hilfloses Aussehen gab. Die lila Augen blickten Nyvien groß und hilfesuchend an. Sie weckten einen Urinstinkt in der Magierin. Obwohl sie wusste, dass ihr dieses Jungtier eines Tages gefährlich werden könnte und sie wahrscheinlich ohne Reue töten würde, wollte sie es im Moment nur beschützen und ihm die schrecklichen Schmerzen nehmen, unter denen es offensichtlich litt. Der junge Lindwurm war die Quelle der schrecklichen Schmerzensschreie, die sie schon von weitem gehört hatte.

Sie befand sich im Bau eines Lindwurms und mit einem Schlag wurde ihr klar, warum die Lindwurm-Mutter sie hierhin getrieben hatte. Ihr Baby war krank und sie musste die Heilkräfte in Nyviens Amulett gespürt haben. Wahrscheinlich hatte sie den leuchtenden Talisman und die ihm innewohnende Magie schon länger entdeckt, aber selbst nicht nutzen können. Sie hatte auf jemanden gelauert, der das Amulett holen würde und ihn dann hergetrieben, nur um ihr Kind zu retten. Als Nyvien in den Gang zurück blickte, sah sie das riesige Muttertier gemächlich näher kommen. Sie erkannte am Gesichtsausdruck des erwachsenen Lindwurms, dass sie Recht hatte. Rette mein Baby und ich schenke dir das Leben, stand in den violetten Augen zu lesen. Aber konnte sie einem Lindwurm trauen? Hatte sie überhaupt richtig verstanden, was vorging? Vielleicht war sie nur als Lebendfutter für das Junge hergehetzt worden.

In diesem Moment schrie der kleine Lindwurm wieder und Nyvien zerriss es schier das Herz. Da unten lag ein Lebewesen und es hatte entsetzliche Schmerzen. Mit äußerster Vorsicht näherte sie sich dem Tier. Je mehr sich der Abstand zu dem Babylindwurm verringerte, umso mulmiger wurde ihr. Das lag hauptsächlich an der Größe des Kleinen. Trotz seines mit Sicherheit sehr geringen Alters, war das Tier länger als Nyvien und hätte ihr mit einem Biss den ganzen Arm abtrennen können. Zum anderen stank es hier entsetzlich. Unter den typischen Lindwurmgeruch mischte sich der Gestank faulenden Eiters. Nyvien hielt an und konzentrierte sich ganz stark darauf, an blühende Veilchen und ihren Wohlgeruch zu denken. Erst als sie das süßliche Aroma zu riechen vermeinte, ging sie weiter. Das Muttertier hatte inzwischen den einzigen Ausgang mit seinem Körper verschlossen und beäugte jeden ihrer Schritte aufmerksam. Die Magierin war sich bewusst, dass bei einer falschen Handlung ihrerseits sofort die riesige Fangzunge vorschnellen würde. Unendlich behutsam trat sie an das nestartige Gebilde heran, in dem sich das sieche Tier befand. Es war völlig entkräftet. Die lila Augen blickten schon glasig. Als es Nyvien erkannte, stieß es erneut einen qualvollen Schrei aus, der der Magierin fast das Trommelfell platzen ließ. Die Mutter antwortete mit einem fast ebenso furchterregenden Brüllen. Daraufhin beruhigte sich das Junge wieder. Nyvien warf einen raschen Blick in das Nest und wünschte sich gleich darauf, dass sie das nicht getan hätte. Sie brauchte alle Selbstbeherrschung, um sich nicht zu übergeben. Neben gallertartigen Bruchstücken der Schalen lagen dort die zerfetzten und halbverwesten Überreste der Brüder und Schwestern des jungen Lindwurms. Einige der Kadaver waren sehr klein und fast gänzlich eingetrocknet. Sie sahen aus, als wären sie gleich nach dem Schlüpfen getötet worden. Andere der Leichen waren deutlich größer und in noch nicht so fortgeschrittenen Stadien der Verwesung. Aber keines der Tiere war so groß wie das einzige jetzt noch lebende Junge. Bei Lindwürmern begann der Kampf ums Überleben offensichtlich schon mit dem Schlüpfen. Nur das stärkste Tier eines Geleges hatte das Privileg, einmal erwachsen zu werden. Gerade wegen der grausamen Härte, die in dieser Selektion lag, war die Forscherin in Nyvien von dieser Beobachtung fasziniert. Ob das überhaupt schon ein einziger Mensch außer ihr wusste? Lindwürmer hatten nur wenige Nachkommen, das war allgemein bekannt, aber jetzt war ihr auch klar, warum das so war.

Ein ärgerliches Fauchen des Muttertieres riss die Magierin aus ihren Gedanken. Auch die Miene des Reptils machte Nyvien unmissverständlich klar, dass jetzt endlich Handlung von ihr erwartet wurde. Schnell wandte sie sich dem einzigen Überlebenden des familiären Gemetzels zu. Obwohl das Jungtier wohl einmal das Kräftigste im Nest gewesen war, hing sein Leben jetzt an einem seidenen Faden. Eine langgezogene Wunde klaffte am Hals des Tieres. Eines der anderen Lindwurmbabys musste ihm diese Verletzung beigebracht haben, bevor es besiegt wurde. Die Schuppen der Jungen waren noch nicht so hart und undurchdringlich wie die der Erwachsenen. So hatte der Biss des Verlierers wohl im Todeskampf einen Teil aus dem Hals des Siegers gerissen. Die Wunde hatte sich entzündet und stank ekelerregend nach Eiter. Der Atem des Tieres ging flach und ab und an wurde es von einer Art Muskelzuckung geschüttelt. Ansonsten schien es zu keiner Bewegung mehr fähig. Das war wohl auch ganz gut so, denn nachdem sie sich überwunden hatte und damit begann, die Wunde zu säubern, schrie das Jungtier wieder aus voller Brust und hätte sich mit Sicherheit auf die Magierin gestürzt, wenn es im Vollbesitz seiner Kräfte gewesen wäre. Mit den bloßen Händen wischte sie den Eiter aus der Wunde, bis sie wieder zu bluten begann. Einige Tropfen des Blutes trafen dabei ihren Handrücken und brannten schmerzhaft. Hastig fuhr sie mit ihrem Amulett darüber und das Schmerzgefühl verschwand augenblicklich. Der erwachsene Lindwurm hatte ihr Tun kritisch beobachtet und wurde jetzt zusehends unruhiger. Noch einmal atmete Nyvien tief durch, dann presste sie ihren immer noch fleißig leuchtenden Talisman gegen die Schuppen oberhalb der Bisswunde. Wieder zuckte das Tier kurz zusammen, stieß aber keinen Schrei aus. Mit leicht zitternden Händen fuhr Nyvien mit wischenden Bewegungen immer näher an die Verletzung heran. Als das Amulett die Wundränder berührte, sprach Nyvien leise aber bestimmt „Guérison!".

Sofort nahm das Strahlen des Amulettes merklich ab. Je länger sie es auf der Wunde verweilen ließ, desto schwächer wurde das Leuchten, bis nur noch ein dumpfes Glühen über dem Metall schwebte. Es war das erste Mal, dass Nyvien so etwas beobachtete. Offensichtlich stieß ihr Talisman gerade an seine Grenzen. Für kurze Zeit überkam sie sogar Zweifel, ob das Amulett der Aufgabe überhaupt gewachsen war. Es dauerte endlose Augenblicke bis sich erste zarte Anzeichen von Heilung zeigten. Fast unmerklich wurde der Blutfluss weniger. Kleine Ewigkeiten verstrichen, in denen das Leuchten des Amulettes immer mehr und mehr nachließ. Als der

Blutstrom schließlich versiegte, war der Talisman nur noch ganz schwach am Flackern, wie eine Kerze kurz vor dem Verlöschen. Nyvien wagte es nicht, den Talisman noch weiter zu beanspruchen und beendete die Magie mit einem besorgten „Fini!". Sie wollte nicht ausprobieren, was passierte, wenn sie das gute Stück bis zur totalen Erschöpfung trieb. Auch das letzte Lichtchen erlosch und vollständige Dunkelheit umgab sie. Hastig vollführte sie die Gesten des Lichtzaubers, der ihr jetzt schon wieder viel leichter von der Hand ging. Unsicher schaute sie ihren Patienten an. Das Baby war eingeschlafen und atmete tief und regelmäßig. Ein gutes Zeichen. Die Wunde sah noch immer gefährlich aus, aber der Wundbrand war zumindest gebannt. Die Chancen, dass es überleben würde, standen jetzt deutlich besser als zuvor. Aber würde das reichen? Nyvien warf einen vorsichtigen Blick in Richtung der Mutter. Das riesige Tier starrte sie mit seinen geschlitzten Pupillen in der violetten Iris an. Gleich würde die Zunge herausschnellen, sie ins Maul zerren und ihr Leben zwischen den kräftigen Kiefern beenden. Beherzt schaute sie dem Lindwurm in die Augen.

Sie hatte getan, was sie tun konnte. Mehr ging nicht! Lange blickten sich die beiden so unterschiedlichen Lebewesen an, schätzten einander ab. Schließlich glitt das Reptil zur Seite und gab so den Ausgang frei. Nyvien bedankte sich mit einem Nicken und schritt dann ohne Hast an der riesigen Schlange vorbei. Der Leib war so hoch, dass sie gerade so eben noch hinüber blicken konnte. Sie sah wie die Lindwurm-Mutter sich ihrem Kind zuwandte.

*

Erst als Nyvien die Höhle weit hinter sich gelassen hatte, gestattete sie sich ein erleichtertes Aufatmen. Da war sie noch einmal mit einem blauen Auge davongekommen und hatte dabei sogar noch eine ganze Menge über die lindgrünen, wurmförmigen Verwandten der stolzen Drachen gelernt. Sie musste grinsen, als sie daran dachte, dass Sip ihr die Geschichte mit ziemlicher Sicherheit nicht abnehmen würde. Nachdem sie sich wieder etwas sicherer fühlte, begann sie erstmals zu überlegen, wo sie sich eigentlich genau befand. Die Antwort war einfach. Sie hatte nicht den leisesten Schimmer. Auf ihrer Flucht hatte sie vollständig die Orientierung verloren. Sie nahm ihr Amulett in die Hand und hoffte, dass die magischen Kräfte noch stark genug waren, um ihr die Richtung zu weisen.

„Direction nord!", befahl sie dem Talisman und stellte zu ihrer großen Erleichterung fest, dass er sich augenblicklich wie gewohnt zu drehen begann. Mit einem „Fini!" beendete sie die Kompass-Funktion. Sie wollte die angeschlagenen Kräfte des Amulettes nicht unnötig strapazieren. Sie beschloss, nach Osten zu gehen und sich ab jetzt immer an diese Richtung zu halten. Auf diese Weise verhinderte sie zumindest, dass sie im Kreis lief. Mit jedem Augenblick, den sie sich durch die drückende Stille kämpfte, sank ihre Stimmung. Außer einigen Ratten, die vor ihrem Licht davonhuschten, traf sie auf kein Lebewesen.

Es dauerte noch unzählige Sackgassen, bis sie schließlich total ausgelaugt und müde beinahe in ein kreisrundes Loch im Boden gestürzt wäre. Sie konnte sich gerade noch festklammern, aber etwas Erde bröckelte in die Tiefe und landete einige Meter unter ihr platschend im Wasser. Als sie nach oben schaute, gewahrte sie weit über sich den Himmel mit den ersten zarten Zeichen der Morgendämmerung. Schlagartig wurde ihr klar, wo sie sich befand. Sie stand in der Mitte eines Brunnenschachtes. Als sie die Brunnenwand näher untersuchte, entdeckte sie zu ihrer großen Erleichterung in regelmäßigen Abständen unauffällige Löcher in der Erde, die sich mit etwas Geschick wohl als Stufen nutzen ließen. Schließlich zog sie sich völlig verdreckt und zerlumpt mit letzter Kraft über den Brunnenrand. Ein sehr spät heimkehrender Zecher hatte sie offenbar bemerkt und torkelte zu ihr herüber. Lässig klopfte er ihr auf die Schulter: „Mä'chen, wenn'u was trinken willscht, gibt's einfacherere Möglichkeidn als in 'nen Brunnen zu kleddern!"

Sich köstlich über seinen eigenen Witz amüsierend zog er von dannen und ließ die Magierin, die soeben die Einsamkeit der Stollen zu schätzen gelernt hatte, allein zurück. Nyvien riss sich zusammen und blickte sich um. Es sah aus, als wäre sie der Erde im Holften der Färber und Weber entstiegen. Es roch untrüglich nach Farbe und Gerberlösung. Stöhnend rappelte sie sich auf und schlurfte los in Richtung des Händlerviertels, wo ein bequemes Gästebett auf sie wartete. Sie war so erschöpft, dass ihr nicht einmal die zartviolette Färbung des Himmels auffiel. Das war schade, wo sie doch einer der wenigen Menschen war, der wußte, dass diese Tönung exakt der Farbe von Lindwurmaugen entsprach.

* * *

Nachdem Sip die Magierin unter der Erde zurückgelassen hatte, begab er sich in eines der Wirtshäuser am Marktplatz. Für das, was er vorhatte, war es jetzt noch eindeutig zu früh. Um die Halle der Finsternis herum herrschte um diese Zeit noch viel zu viel Betrieb. Ganz gegen seine sonstigen Gewohnheiten hielt er sich mit dem Alkohol sehr zurück. Er nippelte den ganzen Abend an zwei Bier herum, die zum Schluss hin so schal waren, dass er sie fast nicht mehr herunter gebracht hätte. Er wäre auch noch länger geblieben, aber als offensichtlich wurde, dass der Wirt die Kneipe wirklich sehr gerne schließen wollte – er drehte schon die Stühle an Sips Tisch um – blieb ihm nichts anderes übrig, als diesen gastlichen Ort zu verlassen. Draußen schlurfte er einmal lustlos um den großen schwarzen Klotz der Halle der Finsternis und schaute sich die eingebrochene Stelle am Dach genau an. Dort würde er eindringen, wenn die Zeit reif dafür war. Die Wirtshäuser schlossen allmählich und die letzten Säufer torkelten heim. Sip wartete in einem dunklen Seitengässchen und überprüfte seine Ausrüstung. Das grau gefärbte Seil mit Wurfhaken und seine sechs Wurfdolche waren sicher verstaut. Mit einem Stück Kohle färbte er Hände und Gesicht schwarz. Dann machte er noch einige Dehnübungen um Muskeln und Gelenke zu lockern. Als der Nachtwächter mit müden Augen an ihm vorbeigeschlappt war und die neunte Stunde der Nacht verkündet hatte ohne den Dieb zu bemerken, beschloss Sip, dass es jetzt an der Zeit war. Er wartete bis die Rufe des Nachtwächters in der Ferne verklungen waren, dann schaute er sich noch einmal genau um. Keine Bewegung war auszumachen. Er nahm das Seilende in die linke und den Wurfhaken in die rechte Hand, dann spurtete er los. Wie der schwarze Schatten einer Sturmwolke flog er über den Platz. Noch im Rennen ließ er den Wurfhaken kreisen und schleuderte ihn an die Stelle, an der er schemenhaft den eingebrochenen Teil über sich erkennen konnte. Ein leises Klicken erklang über ihm, aber ansonsten blieb alles still. Sip drückte sich an die kalten Schiefer der Wand und zog mit einem kräftigen Ruck an dem Seil. Er hatte Glück. Der Haken schien fest zu sitzen, gleich beim ersten Versuch. Vor Freude klopfte er sich selbst auf die Schulter. Dann hängte er sich mit seinem ganzen Gewicht an das Seil und es hielt immer noch. Er wollte gerade mit dem Aufstieg beginnen, als er Stimmen hörte. Sofort erstarrte er und versuchte, mit der Wand zu verschmelzen. Eine Patrouille von fünf Mann bog um die Ecke. Sie waren in eine Diskussion vertieft und bemerkten den Dieb nicht, obwohl sie nur wenige Schritte neben ihm vorbei gingen.

Nachdem sie hinter der anderen Ecke wieder verschwunden waren, ließ Sip seufzend die Luft aus seinen Lungen, die er bis gerade angehalten hatte. Er wischte die schweißfeuchten Hände an seiner Hose trocken. Auf was hatte er sich da nur eingelassen? War es das Risiko überhaupt wert? Nur um die Chance zu haben, in den Widerstand aufgenommen zu werden? Er schüttelte den Kopf, um die Gedanken los zu werden. Er war ein Dieb und würde sich nicht von einem dahergelaufenen Trupp Soldaten, der ihn nicht einmal bemerkt hatte, aufhalten lassen. Entschlossen zog er sich allein mit den Händen am Seil hoch. Er wollte möglichst flach an der Mauer entlang gleiten, damit seine Silhouette nicht so auffiel. Er war noch keinen halben Schritt weit gekommen, als sich eines seiner Wurfmesser unter einer der Schieferplatten verhakte. Er merkte zwar den Widerstand, zog sich aber ohne nachzudenken weiter. Mit einem Krachen barst die Schindel und polterte zu Boden. In der nächtlichen Ruhe klang das ohrenbetäubend laut. Wieder erstarrte Sip. Er hing einige Augenblicke angespannt lauschend, aber nichts passierte. Vielleicht hatte er noch einmal Glück gehabt. Er fluchte leise über seine eigene Dummheit. Immer gab es etwas, an das er nicht dachte. Es war klar, dass er beim Gleiten über Schieferplatten früher oder später hängen bleiben musste.

Als immer noch alles ruhig blieb, stemmte er sich mit den Füßen an der Wand ab und lief nach oben wie ein Nusspflücker an der Kokospalme. Von der Seite hätte ihn so zwar auch ein kurzsichtiger Greis entdeckt, aber der kurzsichtige Greis musste schließlich auch erst einmal da sein. In wenigen Augenblicken kam er schnaufend an der Einbruchstelle an. *Treffendes Wort, Einbruchstelle*, dachte er bei sich und musste grinsen. Vorsichtig zog er sich über den Rand. Erst nachdem er das Seil hochgezogen hatte, gönnte er sich eine Pause. Er lag lange Zeit flach am Rücken und betrachtete die wachsende Sichel des Mondes, die gerade zwischen den Wolken hervorlugte. Alles blieb still. Nur der Wind fegte leise heulend über die Dachkante. Offenbar hatte keiner seinen Aufstieg bemerkt. Als sein Atem wieder ruhig und regelmäßig ging, überprüfte er erneut seine Ausrüstung. Erleichtert stellte er fest, dass noch alles an seinem Platz war. Er wickelte das Seil zusammen und verbarg es unter einem umgestürzten Balken. An der Einsturzstelle war noch kein Handschlag zum Wiederaufbau verrichtet worden. So musste der Dieb mit höchster Vorsicht über gesplitterte Holzbalken und Gerümpel zur noch intakten Wand mit der Tür vorklettern. Dort angekommen, legte er sein Ohr ans Holz und lauschte. Keine Schritte, keine Gesprächsfetzen, nur Stille. Vorsichtig öffnete er die Tür einen Spalt. Im Gang dahinter war es nur schummrig beleuchtet. Eine einzige Öllampe kämpfte wacker gegen die Dunkelheit und sandte schwach flackernde Strahlen. Er schob sich durch die Öffnung und schloss lautlos die Tür hinter sich. Von Nyvien wusste er, wo er hin musste und wandte sich nach links. Wenig später stand er an der Treppe und starrte nach unten. Wieder horchte er, wieder konnte er nichts hören. Auf Zehenspitzen schlich er die Stufen hinab. Er hasste Treppen. Sie hatten die schreckliche Eigenart, im ungünstigsten Augenblick zu knarren. Langsam verlagerte er sein Gewicht, setzte den Fuß neu auf und kämpfte sich so Stufe für Stufe tiefer in den Wohntrakt des Tempels vor. Im ersten Stock verharrte er. Stimmen klangen von unten die Treppe herauf. Sip zögerte einen winzigen Augenblick, dann huschte er nach rechts und presste sich hinter einer Statue flach an die Wand. Die Stimmen kamen näher. Der Dieb sah das Flackern von Licht den Treppenschacht hinauf leuchten. Wenig später folgten zwei schwarzgewandete Gestalten, die sich missmutig unterhielten: „Ich hasse Firamon!", sagte einer der beiden, als sie den ersten Stock erreichten, „Bloß weil er Oberpriester ist, glaubt er, er könnte sich alles erlauben! Zerrt einen zu nachtschlafender Zeit aus dem Bett, weil er den Astrolabius braucht!"

„Reg dich nicht so auf!", sagte die zweite Gestalt und gähnte herzhaft: „Jetzt schleppen wir ihm halt den Scheiß-Kasten runter und dann hauen wir uns wieder aufs Ohr!"

Mehr konnte Sip nicht verstehen, weil die beiden schon auf dem Weg weiter nach oben waren. Er atmete tief durch und entspannte sich wieder. Wie viel Zeit blieb ihm, bevor die beiden mit dem was-auch-immer-sie-da-holen-mussten, wieder kamen? Sollte er so lange warten, oder würde die Zeit reichen, um Aroshs Blatt zu stehlen und sie dann passieren zu lassen?

Er entschied sich für die zweite Lösung, da er nicht wusste, wie lange die Priester brauchen würden. Er hatte auch nicht ewig Zeit, schließlich musste er vor dem Hellwerden wieder aus der Halle der Finsternis verschwunden sein. Jetzt konnte er sich allerdings nicht mehr ewig mit den knarrenden Stufen aufhalten. Deutlich schneller als zuvor schlich er die Treppe hinab ins Erdgeschoss. Das Holz gab auch einige Male widerlich quietschende Töne von sich, so laut, dass der Dieb die Zähne zusammenbiss. Während er weiter hinab stieg, lauschte er nach oben, ob ihn die beiden Lastenträger gehört hatten, aber es blieb alles ruhig. Unten angekommen linste er um die Ecke und bog dann in den Gang ab, der, wie er von Nyvien wusste, zu den Schlafräumen führte. Im Vorbeischleichen zählte er die Türen. Er war zwischen eins und zwei, als hinter ihm die Tür der großen Halle aufschwang. Ein Priester trat heraus: „Wo bleibt ihr denn, ihr faulen Säcke?", schrie er ohne Rücksicht auf mögliche Schläfer die Treppe herauf, „Ihr seid so faul, dass ihr bis hier herunter stinkt!"

Er holte tief Luft, um noch weitere Aufmunterungen nach oben zu schreien, aber es sollten keine Worte mehr aus seiner Kehle kommen. Sip fuhr beim Öffnen der Tür instinktiv herum und zückte wahllos eines seiner Wurfmesser. Ohne sich groß mit Zielen aufzuhalten, schickte er es dem Priester entgegen und griff sogleich nach dem nächsten. Allerdings war kein zweiter Wurf mehr nötig. Der Schwarzgewandete griff sich mit beiden Händen an den Hals. Seltsam blubbernde Laute drangen aus seinem Mund. Langsam kippte er nach vorne. Sip stürmte los und fing den Körper auf, bevor er auf dem Boden aufkrachte. Blutiger Schaum quoll aus dem Mund des Mannes, der ihn mit schmerzgeweiteten Augen anstarrte. Mit dem zweiten Wurfmesser schnitt ihm Sip die Kehle durch. Dann zog er den anderen Wurfdolch aus dem Hals des Toten und säuberte ihn an dessen Kleidung. Er musste grinsen, als er den im Messer eingravierten Frauennamen las. Sranka hatte bis jetzt immer tödlich getroffen. Irgendwie passte das zu der Frau, die hinter dem Namen stand, fand Sip. Jeder seiner sechs Wurfdolche trug einen Frauennamen, der beidseitig in der Mitte des Messers eingraviert war. Einige Augenblicke kniete der Dieb über der Leiche, in jeder Hand ein Wurfmesser, und sicherte nach allen Seiten. Nichts passierte. Keine weitere Tür öffnete sich. Jetzt wurde es trotzdem verdammt eng. Er schleifte den toten Priester in die große Halle, aber eine riesige, noch warme Blutlache zeugte von dem Kampf und würde wohl sehr bald den ganzen Tempel in Aufruhr versetzen.

Er hatte schon den halben Weg zu den Schlafzimmern zurückgelegt, als ihm eine Idee kam. Eilig kehrte er zu dem toten Priester zurück und zog ihm den golddurchwirkten Umhang aus. Obwohl das Kleidungsstück im Schulterbereich von Blut klebte, warf er es sich über. Der Saum schabte über den Boden, wie der Hochzeitsschleier einer reichen Braut. Vielleicht konnte er auf diese Weise trotzdem etwas länger unentdeckt bleiben.

Zum dritten Mal schlich er an den Schlafräumen vorbei. Diesmal kam er bis zur dritten Tür, vor der er kurz verharrte. Noch immer war alles ruhig. Konnte man so viel Glück haben? Noch hatte er ja auch das schwerste Stück Arbeit vor sich. Behutsam drückte er die Türklinke nach unten und schob die Tür auf. Schon wieder Glück gehabt. Die Tür war zwar ganz offensichtlich seit Nyviens Eindringen ersetzt worden, aber die Halterung für den Riegel hatte man noch nicht instand gesetzt. Vielleicht war aber auch der Bewohner des Raumes gerade nicht da?

Wäre ja auch zu schön gewesen, dachte Sip, als er gleich darauf die Gestalt gewahrte, die im Bett gegenüber der Tür schlummerte. Leider konnte er die Tür nicht hinter sich schließen, da er das schwache Licht aus dem Gang brauchte. Er hatte ohnehin nicht die Zeit, sich hier länger aufzuhalten. Er musste die Reliquie an sich bringen und dann sehen, dass er zügig das Weite suchte. Die Blutlache oder der tote Priester konnten jeden Moment entdeckt werden. Dann würde hier die Hölle losbrechen. Er ließ seinen Blick über die Wände der Kammer schweifen. Da war das Portrait von Shabath. Es hing genau in der Mitte über dem Bett. Böse starrte die Maske des Dunkelfürsten den Dieb an. Aber als Sip etwas näher herantrat, musste er grinsen. Die Maske starrte gerade an ihm vorbei. Shabath schielte! Sip war so froh, dass ihm beinahe ein Freudenschrei entfahren wäre. Vorsichtig schlich er noch näher an das Bett heran, so nah, dass der Atem des Schläfers den schwarzen Umhang bewegte. Er reckte sich auf die Zehenspitzen und griff nach dem Bild. Verflucht! Er war zu kurz! Wieder einmal machte ihm seine geringe Körpergröße einen Strich durch die Rechnung. Für einen Moment war er versucht, vor Wut wie ein wilder Derwisch herumzuhüpfen, aber er behielt die Kontrolle über sich. Kurzentschlossen stieg er auf die Bettkante und griff nach dem Portrait. Als er das Bild gerade sicher gepackt hatte, fasste urplötzlich eine Hand seinen Knöchel und zog. Um das Gleichgewicht nicht zu verlieren, stützte er sich mit der freien Hand an der Wand ab. Jetzt war er der Person unter sich völlig hilflos ausgeliefert.

„Was soll das werden?", kam die noch leicht schläfrige, aber nichtsdestotrotz wütende Stimme von unten. Sip redete sofort drauf los, das erste was ihm einfiel: „Firamon schickt mich! Ich soll das Portrait von Shabath holen!" Dazu schwenkte er selbiges mit der Hand.

„Du sollst was?"

„Das Portrait ist eine Beleidigung an den Dunkelfürsten, sagt der Oberpriester. Es muss ausgebessert werden! Schaut doch selbst!" Der Dieb ließ das Bild fallen und hatte nun wieder eine Hand frei. Trotzdem konnte er nichts tun, da er nicht an seine Waffen kam. Die Priesterkutte, die er sich übergestreift hatte, behinderte ihn jetzt. Er schielte nach unten, wo der eben Erwachte sein Bild betrachtete und hörbar die Luft einsog: „Verdammt!", fluchte er. „Warum ist mir das bis jetzt nicht aufgefallen? Und warum schickt Firamon dich zu dieser Zeit? Und wer bist du überhaupt?"

Wieder war Sips Kreativität gefordert. „Ich bin der neue Adept", log er versuchsweise, „und dass ich das Bild jetzt hole, ist eine Strafaktion, für mich und auch für Euch, weil Ihr das fehlerhafte Bild nicht selbst bemerkt habt. Firamon sagte, wenn Shabath dieses Portrait jemals zu Gesicht bekommen hätte, dann hätte er Euch sicherlich mehr geraubt als den Schlaf! Ich wollte Euch nicht erzürnen und habe versucht, Euch nicht zu wecken. Es tut mir Leid!", fügte er noch hinzu.

Der Priester unter ihm fluchte erneut. Sip war froh, dass er nicht fragte, was er angestellt hatte. Selbst seiner Phantasie waren Grenzen gesetzt.

„Dann nimm das Portrait und verschwinde!", sagte der Mann mit einer Mischung aus Wut und Angst in der Stimme. Er ließ das Bein des Diebes los, der sich sofort abstieß und behände vom Bettrand sprang. Der Priester drückte ihm das Portrait in die Hand, dann drehte er sich demonstrativ auf die andere Seite und zog sich die Decke über die Schultern.

Sip beglückwünschte sich innerlich zu dem genialen Einfall, die Priesterkutte übergestreift zu haben. Wer wusste, was passiert wäre, wenn er in seiner Berufskleidung überrascht worden wäre? Sip hatte den Raum schneller wieder verlassen, als man zweimal Shabath sagen konnte. Leise schloss er die Tür der Kammer hinter sich. Er hatte es geschafft! Zu gerne hätte er seine Beute näher in Augenschein genommen, vielleicht sogar befragt, aber dafür hatte er im Augenblick definitiv keine Zeit. Jeden Moment konnten die beiden Lakaien mit ihrem Astrodings die Treppe hinab kommen. Der Dieb spurtete los. Als er um die Ecke zum Treppenhaus biegen wollte, riss es ihm plötzlich die Beine weg. Wild mit den Armen fuchtelnd kämpfte er um sein Gleichgewicht. Das noch nicht geronnene Blut am Boden war glitschig wie Bohnerwachs. Zusätzlich behinderte der ungewohnte Umhang seine Bewegungen. Krachend schlug er mit der Seite auf dem Boden auf und platschte in die Blutlache, dass es nur so spritzte. Einen Moment war es totenstill. Als der Dieb sich mit einem gequälten Gesichtsausdruck wieder aufrappelte, ging es los.

„Was war das?", rief jemand von oben die Treppe herab. Hinter ihm im Gang mit den Schlafräumen wurden Türen geöffnet. Auf Händen und Füßen krabbelte er ins Treppenhaus außer Sichtweite. Das Portrait hatte einige Blutspritzer abbekommen, war aber ansonsten heil geblieben. Auch im Erdgeschoss erklangen jetzt die ersten Rufe. Es war nur noch eine Frage der Zeit, bis einer den riesigen Blutfleck am Boden entdecken würde. Sip raffte den Mantel hoch und hetzte die Treppe hinauf. Zwischen erstem und zweitem Stock traf er auf die beiden Priester, die er bei seinem Weg nach unten belauscht hatte. Sie trugen einen riesigen Kasten und starrten ihm mit großen Augen entgegen. Erst da wurde ihm klar, dass er von oben bis unten blutverschmiert war. Er nutzte ihre Verwirrung und drängte sich an ihnen vorbei, bevor sie ihre Last absetzen konnten.

„Unten kämpfen sie!", schrie ihnen der Dieb noch zu. „Lasst das blöde Ding stehen und helft den anderen!"

Er wartete nicht ab, wie sie darauf reagieren würden, sondern hetzte weiter hinauf in den zweiten Stock. Im Laufen kämpfte er sich aus der lästigen Kutte und warf sie in den linken Gang. Am Ende ging dort gerade eine Tür auf, aber wer auch immer daraus hervor trat, war zu weit weg, um den Dieb genau erkennen zu können. Von der Last befreit, rannte Sip nach rechts zu der Tür, hinter der die Einsturzstelle lag.

„Halt! Stehen bleiben!", schrie der Mann im anderen Gang und begann nun ebenfalls zu rennen. Der Dieb kümmerte sich einen Dreck um den Befehl, riss stattdessen die Tür auf und hechtete hinein. Hastig klemmte er einen Balken unter die Türklinke. Das würde zwar niemanden lange aufhalten, aber viel Zeit brauchte er jetzt ja auch nicht mehr. Flink wie ein Wiesel kletterte er über die Trümmer zum offenen Rand des Gebäudes. Er konnte schon wieder die Sichel des Mondes sehen, als jemand an der notdürftig verbarrikadierten Tür rüttelte. Als sich nichts tat, gab die betreffende Person offenbar auf. Sip wandte der Tür den Rücken zu und griff unter einen Balken, um sein Seil hervor zu ziehen. Es war weg! Entsetzt legte er das Portrait beiseite und fühlte mit beiden Händen. Vielleicht war es tiefer hineingerutscht? In diesem Moment öffnete sich die Tür des Nebenraumes. Der Dieb fuhr herum. Über die Reste der eingestürzten Wand sah er einen Schwarzgewandeten in den Raum stürmen. Verdammt, die Tür hatte er natürlich nicht verschlossen! Instinktiv duckte er sich. In Panik forschten seine Hände nach dem Seil. Ein Holzsplitter bohrte sich in seinen Daumen. Er zerbiss sich die Unterlippe, als er den Schmerzensschrei unterdrückte. Dann hörte er den Priester seltsame Worte murmeln. Sofort wurde es taghell. Eine gleißende Lichtkugel schwebte an der Stelle, an der sich die Decke der beiden Räume befunden hatte. Sip fluchte leise. Jetzt war seine Glückssträhne offensichtlich zu Ende. Dieser Priester konnte zaubern!

Immerhin hatte er jetzt Licht, um nach seinem Seil zu suchen. Noch hatte ihn der Magier nicht entdeckt. Als er die Umgebung nun deutlich erkennen konnte, merkte er sofort, dass er an der falschen Stelle gesucht hatte. Das rettende Seil lag etwas weiter rechts. Er konnte es sogar unter dem richtigen Balken hervor lugen sehen. Vorsichtig hob er den Kopf und riskierte einen Blick. Der Magier ging langsam vorwärts und suchte den Raum mit den Augen ab. Draußen am Gang hallten Schreie. Sip zerrann die Zeit wie Sand zwischen den Fingern. Vorsichtig tauchte er wieder ab und löste das Portrait Shabaths aus dem Rahmen. Wie Nyvien gesagt hatte, waren da zwei Bilder, aber er hielt sich nicht lange damit auf, rollte beide zusammen und verstaute sie sicher in seiner Kleidung. Jetzt brauchte er beide Hände. Er fixierte sein Seil mit den Augen. Ohne auf etwas anderes zu achten, hechtete er los. Steine kullerten und Bretter krachten, als er sprang. Mit den Händen stützte er sich ab, bog den Rücken durch und landete mit einem Überschlag exakt an der Stelle, die er fixiert hatte. Manche Dinge verlernte man zum Glück nicht so schnell. Noch im Ducken griff er nach dem Seil. Ein Feuerball zischte über ihn hinweg. Er hörte das Rauschen und spürte die Hitze im Rücken. Leichtere Kleidung als die Lederweste, die er trug, hätte wahrscheinlich Feuer gefangen. Mit geübten Griffen machte er einen Spezialknoten an einem Balken und warf das andere Ende des Seils über den Rand hinaus in die Dunkelheit der Nacht. Ein zweiter Feuerball schoss auf ihn zu. Er prallte auf den Schutt und das Gebälk, hinter dem er sich verbarg. Funken und einzelne Flammenstrahlen schossen bis zu ihm durch und brannten Löcher in Kleidung und Haut. Der Balken, an dem er das Seil befestigt hatte, fing Feuer. Egal! Er musste es wagen. Besser unten am Boden zerschellt, als in die Hände eines Magiers zu fallen. Er packte das Seil mit beiden Händen und schwang sich über den Rand. Ohne auf die Schmerzen in den Händen zu achten, ließ er sich hinabgleiten. Das Seil riss ihm die Haut auf, brannte sich bis zum Fleisch durch. Er ging in die Knie, als er unten aufkam, so schnell war sein Fall gewesen. Mit einem kräftigen Zug wollte er den Knoten lösen, aber das Seil kam ihm auch so von oben entgegen. Das Ende qualmte und roch verkokelt. Mit einer Drehbewegung über dem Kopf wickelte er sich das Seil um den Bauch und spurtete los. Es waren zwar einige Leute auf das Spektakel aufmerksam geworden, aber keiner versuchte, ihn aufzuhalten. Die Meisten starrten nach oben zum Dach des schwarzen Würfels. Sip wandte sich erst um, als er die Sicherheit einer Gasse erreicht hatte. Der Tempel sah imposant aus. Eine Kuppel aus weißem Licht umgab ihn wie ein Dach aus Glas. Ein dünner Rauchfaden stieg von der eingestürzten Stelle auf. Sip musste grinsen, als er die kleinen Gestalten bemerkte, die mit ihren Umhängen auf die letzten Flämmchen eines winzig wirkenden Feuers einschlugen. *Schade*, dachte er bei sich, er hätte es ihnen gegönnt, wenn sie sich ihre Bude selbst über den Köpfen angezündet hätten.

*

Sip saß auf den Resten einer kleinen Gartenmauer. Die Sonne schien und einige Meisen hüpften fröhlich von Ast zu Ast. Auf einer nahen Wiese verströmten Wildblumen ihren süßen Duft. Der größte Teil des Pans der Elfen war im Krieg zerstört worden, aber wenn man wusste, wo man suchen musste, fanden sich dort noch immer einige liebliche Ecken. Der Dieb bekam von der Schönheit der kleinen Enklave jedoch nichts mit. Er redete mit irgendetwas, das er in seinen Händen hielt.

Als Nyvien näher kam, entdeckte sie voll Freude, dass es sich bei dem Etwas um ein Stück weißes Papier handelte, dem der Dieb mit frustrierter Miene Fragen zubrüllte.

„Hier hast du dein blödes Blatt!", schrie er, als er die Magierin bemerkte und warf ihr das Papier hin. Nyvien hob es mit einem Lächeln auf. Ihre Finger kribbelten, als sie es berührte. Ja, das war tatsächlich Aroshs Blatt.

„Ich habe dir doch gesagt", wandte sie sich an Sip, „dass nur Hohepriester es befragen können." Sie strich liebevoll über das Pergament und verstaute es in ihrem Rucksack. Dann setzte sie sich neben den Dieb auf das Mäuerchen. Sip schaute daraufhin schon wieder etwas versöhnlicher. „Und?", fragte er. „Hast du dein Amulett gefunden?"

Nyvien holte es wortlos unter ihrer Bluse hervor und zeigte es Sip. Während er das Stück noch betrachtete, erzählte die Magierin von ihren Erlebnissen. Sip schloss sich mit einem Bericht über den Diebstahl der Reliquie an. Als er geendet hatte, saßen sie noch eine Weile schweigend nebeneinander in der Sonne.

„Nun mach endlich!", drängte schließlich Sip, der sich nicht mehr zurückhalten konnte. „Du hast mir versprochen, dass du dieses Dings da für mich befragst, jawohl, hast du!"

Nyvien seufzte und kramte Aroshs Blatt wieder aus ihrem Rucksack: „In Ordnung. Aber ich kann dir nicht versprechen, dass es antwortet. Und manchmal gibt es auch Antworten, die man gar nicht hören will. Bist du dir sicher, dass ich es fragen soll?"

„Hatte mir gleich gedacht, dass da irgendwo ein Haken an der Sache ist", grummelte der Dieb. „Na los! Nun frag dieses dämliche Teil endlich!"

Nyvien zuckte kurz zusammen, behielt sich aber unter Kontrolle. So war Sip nun eben einmal. „Was genau soll ich es fragen?"

„Frag es, was ich tun muss, um bei Leathans Widerstandskämpfern aufgenommen zu werden", antwortete Sip sofort.

Nyvien hob die Brauen, richtete aber dann die gewünschte Frage an das Blatt. Sie war selbst ein wenig erstaunt, als Worte darauf erschienen. „Du musst Leathan finden und erkennen. Sprich ihn an und frage ihn, ob er dich aufnimmt!", las sie mit einem Grinsen vor.

„Was? Das ist alles? Ich soll Leathan fragen? Na dafür hätte ich diesen Wisch da nicht gebraucht, da wäre ich unter Umständen sogar noch selbst drauf gekommen!"

„Ich habe dir ja gesagt, dass die Antworten nicht immer im Sinne des Fragenden ausgehen. Man muss sich schon genau überlegen wie man seine Frage formuliert!" Nyvien machte Anstalten, die Reliquie wieder in ihrem Rucksack zu verstauen.

„Halt! Warte mal! Das kannst du nicht machen! Dann muss ich den Zettel noch was fragen!"

„Jeder Gläubige darf in seinem Leben nur eine Frage stellen!", sagte die Hohepriesterin bestimmt und packte weiter.

„Du bist fies! Warum hast du mir das nicht vorher gesagt? Da stürme ich heldenmutig die Halle der Finsternis, um das Ding zu befreien und dann das! Lass es mich wenigstens noch einmal probieren, mehr als nicht antworten kann es ja nicht, oder?"

Nyvien legte den Kopf schief und überlegte. Mit einem Seufzer packte sie die Reliquie wieder aus. „Und was soll ich es diesmal fragen?"

„Äh, frag es, ob ich irgendwann bei den Rebellen an Leathans Seite kämpfen werde!", entschied Sip nach reiflicher Überlegung.

„Gut, aber das ist definitiv die letzte Frage, die ich dem Blatt stellen werde, klar?"

Sip nickte.

Noch bevor Nyvien die Frage aussprechen konnte, erschienen zu ihrer Verblüffung erneut Worte auf dem weißen Papier. Nyvien hielt es Sip hin.

„Nun, und?", fragte dieser.

„Ja lies halt selbst!", fuhr ihn Nyvien an.

„Ich würd' ja gern, aber ich kann nicht lesen!"

„Oh!" Für einen kleinen Moment war die Magierin verdutzt. Dann las sie vor „Hier steht: Leathans Tränen werden eines Tages deine Wange nässen! Ich schätze, das können wir als ein *Ja* gelten lassen", fügte sie noch hinzu.

„Das steht da?"

„Wort für Wort, so wahr ich hier vor dir sitze!"

„Wow, cool! Dein Gott ist echt lässig. Da fällt mir ein, was müsste ich eigentlich tun, wenn ich selbst Hohepriester werden wollte?"

Nyvien verdrehte in gespielter Frustration die Augen.

Trotzdem sah sie noch das Grinsen über Sips Gesicht huschen.

ANHANG

Personen- und Stichwortverzeichnis:

Amring: Magier und ehemaliger Freund Nyviens. Lief zu Beginn des Krieges zu Shabath über

Arbath: Geldeinheit, 100 Foresh entsprechen einem Arbath

Arosh: Höchster Gott der Aroshi. Nyvien ist Hohepriesterin Aroshs

Aroshi: Volksstamm auf Arosh Thar. Höchster Gott der Aroshi ist Arosh

Aroshs Blatt: Reliquie aus Nyviens Tempel, die zum Wahrsagen verwendet werden kann

Arosh Thar: Inselkönigreich der Aroshi. Bedeutet wörtlich übersetzt Aroshs Land. Wurde von Shabath in einer Invasion eingenommen

Arosh Thar Castle: Ehemalige Hauptstadt des Reichs der Aroshi. Sitz des Königsschlosses

Astrolabius: Kompliziertes Gerät zur Bestimmung der Planentenbahnen

Cewen: Kämpfer in Leathans Widerstandstrupp. Sohn Pralews

Direction nord: Befehl, der die Kompass-Funktion in Nyviens Amulett startet

Dune: Stadt im Norden Arosh Thars. Von hier aus regiert Shabath

Eclair: Auf diesen Befehl hin sendet Nyviens Amulett einen Blendstrahl aus

Falti-Fladen: Eines der Hauptnahrungsmittel der Aroshi, besteht zum größten Teil aus Weizen

Feu: Auf diesen Befehl hin stößt Nyviens Amulett einen lang anhaltenden gleißend hellen und heißen Lichtstrahl aus

Filiol: Bezeichnung der Aroshi für Weißkraut

Fini: Dieser Befehl beendet alle laufenden magischen Anwendungen von Nyviens Amulett

Firamon: Oberpriester in der Halle der Finsternis

Foresh: kleinste Geldeinheit, 100 Foresh entsprechen einem Arbath

Glidon: reicher Händler in Arosh Thar Castle. Organisiert den Widerstand in der Stadt und unterstützt Leathan

Gromb: Bezeichnung der Aroshi für ein Wildschwein, auch als Schimpfwort verwendet

Guérison: Befehl, der die Heilwirkung von Nyviens Amulett

auslöst

Halle der Finsternis: Von Shabath errichteter Tempel am Marktplatz in Arosh Thar Castle

Holften: Bezeichnung der Stadtviertel von Arosh Thar Castle. Es gibt ihrer sieben

Hon: Diener Glidons

Kicherndes Wiesel: Verrufene Kneipe im Holften der Waffenschmiede

Krik: Truppführer, der von Amring befehligten Soldaten, guter Schwertkämpfer

Leathan: Prinz der Aroshi. Organisiert den Widerstand gegen die Besatzungstruppen Shabaths

Lindwurm: Große lindgrüne Schlange aus der Familie der Drachen

Lumiere: Befehl, um Nyviens Amulett dauerhaft leuchten zu lassen

Nyvien: Magierin und Hohepriesterin Aroshs. Unterstützt Leathan nach Kräften

Oroboros: Bezeichnung für die Darstellung einer Schlange, die sich selbst in den Schwanz beißt

Pan der Elfen: So wird das Stadtviertel (Holften) der Elfen bezeichnet. Es wurde im Krieg nahezu vollständig zerstört

Pralew: Älterer Zimmermann aus Arosh Thar Castle. Unterstützt den Widerstand. Vater von Cewen

Shabath: Dunkelfürst und Anführer der Invasionsarmee. Erklärter Feind von Leathan und Nyvien

Sip: Bekannter Dieb in Arosh Thar Castle. Kenner des Tunnellabyrinths unter der Stadt

Sranka: Einer von Sips Wurfdolchen. Jeder der sechs trägt den Namen einer Frau

Vivol: Unzugänglicher Ort in den Caspira-Bergen. Dort befindet sich das Monument der Welten. Auch als Bezeichnung für die magiebegabte Druidenrasse verwendet

Anhang I

Geburt der Gottheit

Auszug aus dem Buch der Götter

Heliana, Göttin der Welten, sah das Licht, welches sie geschaffen hatte und war glücklich und zufrieden, so wie es ihre Kinder waren. Doch dann sah sie, dass ihre Kinder durch die Strahlen der Sonne keinen Frieden fanden. Ihre Trauer ließ sie in Flammen aufsteigen und zu einem Phönix werden, welcher samt der Sonne zu Asche verbrannte.

Aus der Asche der Sonne und des Phönix wurde Firs geboren, Gott des Feuers, der Vulkane und Blitze. Er sah, dass die Kinder der Heliana nun ihre ersehnte Ruhe fanden, doch auch sein Herz schmerzte, als er sah, wie sie sich vor der Dunkelheit fürchteten.

Firs schenkte ihnen daher die Gabe des Feuers, das die Nacht für sie erhellte und er war glücklich und zufrieden, so wie es die Kinder der Heliana waren. Doch sein Herz begann erneut zu schmerzen, als er sah, dass sie nicht mehr erwachten.

Die Trauer um die Kinder der Heliana, ließ Firs gänzlich in Flammen aufgehen und seine Asche färbte den Himmel rot, ehe aus ihr ein neuer Phönix erwachte und somit auch das Licht der Sonne.

Heliana, Göttin der Welten, erkannte den Wechsel zwischen Leben und Tod, Licht und Dunkelheit und nannte es Tag und Nacht.

Verehrung der Gottheit

Durch das Wechselspiel der beiden Gottheiten war die Macht des Feuers bei Tage sehr schwach, da er in dieser Zeit seinen Lichtschlaf hielt, doch in der Nacht wuchs die Macht des Feuers in ungeahnte Höhen, da er in dieser Zeit über die Welt wachte.

Die Aroshi wussten um diese Tatsache, wodurch Rituale zu Ehren des Firs nur nachts, zur Stunde des Vollmondes, abgehalten wurden. Sie unterschieden sich in vielerlei Hinsicht und es gab keine bestimmten Regeln oder Orte, an denen sie abgehalten werden mussten, obwohl es einige Tempelanlage zu Ehren des Feuergottes gab, doch eines hatten sie alle gemeinsam. Die Aroshi bildeten am Ende immer einen großen Kreis um das Feuer in der Mitte, welches Firs repräsentieren sollte und wenn das Ritual abgeschlossen war, knieten sie sich zu dem Feuer und gaben ihren Wunsch preis. Die Wünsche waren meist auf seine drei Bereiche bezogen. Viele wünschten sich, dass das Feuer in der Nacht nicht erlosch und sie erfrieren ließ, andere hingegen beteten darum, dass die Wut der Vulkane sie verschone und wiederum andere baten den

Gott um Gnade, wenn seine Blitze über das Land zogen.

Wesensart der Gottheit

Firs ist ein gütiger Gott und erhört die Bitten derer, die um sein Feuer zu ihm sprachen und es gab nur wenige bekannte Fälle, wo der Gott diesem Wunsch nicht nachgekommen wäre. Dennoch stellte Firs zwei Seiten einer Medaille dar, so groß seine Gutmütigkeit war für die, die ihn achteten, verehrten und Leben schenkten, so groß war auch seine Wut für die, die sich seinen Worten widersetzten oder seine Macht allein für sich und für das Falsche einsetzten. Daher war Firs, der Gott des Feuers, der Vulkane und Blitze - zwar bei vielen Aroshi sehr beliebt und genoss hohes Ansehen, aber es wurde ihm auch große Furcht und Abscheu entgegen gebracht.

Darstellung der Gottheit

Da Firs niemals selbst vor den Aroshi erschien, kannte niemand seine wahre Gestalt und dennoch wurde er an vielen seiner Tempel verewigt. Oft wurde er als Asche, zusammen mit dem Phönix über ihm, in Stein geschlagen, auch die menschliche Form aus lodernden Flammen war eine bekannte Sichtweise des Gottes, doch am Meisten wurde Firs in einem menschlichen Körper gezeigt, dessen Kopf kein Gesicht zeigte, sondern aus brennenden Zügen, welche nur ein Gesicht erahnen ließen. Es gab natürlich noch viele weitere Gestalten des Gottes Firs und alle hatten ihre besondere Eigenart und Herkunft, doch egal welche es war, jedes zeigte ein Fünkchen Wahrheit.

Anhang II

Geschichte der Priesterschaft der Naosh

Die Priesterschaft der Naosh wurde nach der Wut des Firs gegründet, als ein Gefallener ihrer Gemeinschaft die Macht der Rune für sich selbst nutzte und zur Strafe mit dem fruchtbaren Wald verbrannt wurde. Dies war daher nicht nur die Geburt der Priesterschaft, sondern auch der Wüste Astoshsur, welche heute noch existent war.
Daraufhin verharrten die restlichen Priester in der Einöde und viele von ihnen fielen dem Hungertod zum Opfer und dennoch gaben sie den Glauben an ihren Gott nicht auf, da sie ihrer Meinung nach den Tod verdient hatten. Doch als Firs erkannte, dass er diesen Kindern der Heliana unrecht getan hatte, schickte er seine Feuerschlange Sehret vom Himmel herab und ihr ewig brennender Körper grub sich unter den

weichen Sand, brannte ihn zu einer ausreichenden Härte und erschuf so in nur sieben Tagen ein Höhlensystem unterhalb der Wüste Astoshsur, in welchem die Priester von nun an leben konnten.

Ihr Gott selbst hatte ihnen alles zum Leben geschenkt. Betten, wo sie schlafen konnten, Relikte, die ihre Geschichte deuteten, einen See, wo sie Wasser zum Trinken und Fische zum Essen fanden. Ihr Leben war gesichert und zum Dank an ihren Gott Firs, entzündeten sie hundert Flammen, welche der Zahl der Männer glich, welche vor der Wut des Firs mit ihnen gebetet hatten.

Sie lebten ein friedliches und unbeschwertes Leben, welches sie ganz und gar ihrem Gott und der Beschützung des Relikts gewidmet hatten. Ihr Gott hatte nur noch einmal zu ihnen gesprochen und erzählte ihnen, dass seine Kinder auf der Oberfläche geborgen wurden und die Wüste für alle Zeiten beschützen würden.

Eines Tages lernten sie die Wassertempeldienerinnen kennen, welche mit einem kleinen Boot in den unterirdischen See gekommen waren. Kurz darauf tauschten sie gemeinsame Erfahrungen aus, ihre Geschichte und formten eine feste Freundschaft, doch obwohl sie die Dienerinnen des Wassergottes oft besuchen kamen, blieben sie eines Tages aus und da es den Priestern von Naosh untersagt war, die Oberwelt zu betreten, konnten sie nicht herausfinden, was mit ihnen geschehen war, doch in ihren Herzen blieben sie erhalten.

Ferner hatten die Priester durch die Gnade ihres Gottes ein längeres Leben bekommen, wodurch sie trotz ihrer geringen Anzahl noch viele Äonen das Relikt beschützen konnten und trotz dieser langen Lebensspanne wurden auch sie älter und vor allem ihr Oberpriester Remieres kämpfte schon seit neun Jahren gegen den sich nähernden Tod, denn er wollte unbedingt das Ende der Geschichte erleben, welches eines Tages über die Naosh kommen würde, wenn sich die Flammenfaust gen Himmel streckt, sich die Kinder des Firs um ihn versammeln und die letzten der Priester für ihn eintreten.

Anhang III

Die Stämme der Sashar

Die Sashar wurden von dem Gott Firs geborgen und stellen daher seine leiblichen Kinder dar. Sie wurden nur aus einem Zweck in die Welt gesetzt, die Wüste Astoshsur zu verteidigen und seine Priesterschaft unterhalb der Wüste unentdeckt zu lassen.

Sie waren keine Menschen, wie man am Anfang vielleicht annehmen mochte, da sie einen ähnlichen Körperbau aufwiesen, obwohl er eher in die gebücktere Haltung ging. Vom Aussehen her glichen sie eher ockerfarbenen Echsen mit leichten Gelbschattierungen der einzelnen Schuppen.

Ihre Muskelmasse war stärker ausgeprägt als bei einem Menschen und sowohl Hände als auch Füße waren größer, kräftiger und mit längeren, spitzeren Krallen versehen, welche ohne Probleme einen Menschen zerreisen konnten. Zusätzlich besaßen sie auf dem Rücken kleine, jedoch spitze Dornen, die sich bis zu ihrem Schwanzende hinzogen.

Zuletzt besaßen sie noch einen eher ovalen Kopf mit einem großen Maul, welches noch mehr weiss aufblitzende Zähne beherbergte. Ihre Augen glichen denen eines hungrigen Reptils und hatten starke Rotpigmente in ihren Pupillen, wodurch sie immer wahnsinnig wirkten.

Sashar lebten immer in größeren Gruppen, so genannten Stämmen, zusammen und waren nicht der menschlichen Sprache bemächtigt, dennoch wiesen sie eine hohe Intelligenz auf, was sich dadurch abzeichnete, dass sie ohne fremde Hilfe in der Wüste überleben konnten, obwohl dies hauptsächlich der Verdienst ihres Körpers war.

Die Schuppenhaut war permanent trocken und somit mit Rissen übersät, welche Flüssigkeit wie ein Schwamm aufsog und in ihr Inneres transportierten. Dort konnte das Wasser bis zu einem halben Jahr gespeichert werden und die Sashar benötigten an einem Tag nicht einmal fünfzig Milliliter dieser kostbaren Flüssigkeit, wodurch sie sehr lange in der Wüste umherirren könnten, ohne auszutrocknen.

Um die Zeit noch weiter zu verlängern, bewegten sich die Sashar nur unterhalb des Sandes, um die Sonneneinstrahlung abzudämpfen und um unbemerkt zu bleiben.

Die Nahrung der Sashar bestand hauptsächlich aus Menschenfleisch, sei es nun von guten Menschen, die sich in der Wüste verirrt hatten oder Männer von Shabath, die wieder einmal ausgesandt wurden, um die Rune des Feuers zu ergattern.

Dazu sei gesagt, dass die Sashar genauso wenig Nahrung wie Wasser benötigten, wodurch sie nur angriffen, wenn es unbedingt nötig war, um ihr Überleben zu sichern, da sie eine Aufgabe zu erfüllen hatten. Da die Sashar jedoch ein großes Stolzempfinden besaßen, würden sie nie einen Menschen am leben lassen, der sie ohne Grund angriff, auch wenn sie keinen Hunger hatten.

Die Stämme der Sashar würden niemals die Wüste Astoshsur verlassen, es sei denn, ihr Gott würde es ihnen befielen und daher brauchte man sich über diese Wesen nicht zu fürchten, wenn man ihr Reich nicht betrat.

Anhang IV

Auszug aus dem 7. Buch des Åshŷthan der Elben

Voraussagung des entscheidenden Kampfes

... es werden viele Männer sterben. Doch aus dem Wasser, das auf dem Schlachtfeld zu Blut werde, wird ein Band der Freundschaft entstehen, der auch die dunkle Macht weichen muss.

Tränen werden eure Herzen weinen, doch gestärkt werdet ihr aus den Verlusten hervortreten und dem König dienen, der es versteht zu vereinen – nicht zu trennen.

Åshŷthan wird euch in eurem Kampf beistehen. Er und seine Krieger werden eins werden mit euch.

Magie wird euch zuteil, wie ihr nie daran dachtet, sie je besitzen zu würden. Åshŷthan ist Arosh Thar – und die Welten haben den neuen König auserkoren. Seite an Seite werdet ihr mit denen kämpfen, die selbige Insel ihre Heimstatt nennen – so wie ihr...

Nicht allein werdet ihr bekämpfen, was es zu bekämpfen gilt.

Nicht allein könnt ihr bezwingen, was es zu bezwingen gilt

Nicht allein werdet ihr besiegen können, was ihr besiegen wollt

Kampflied eines Elben

Erfülle mich ... Åshŷthan
Lass' mich deinen Tanz tanzen
Den Tanz des Todes

Erfülle mich ... Åshŷthan
Leichtfüßig auf den Schwingen des Todes
Tanze ich deinen Tanz

Erfülle mich ... Åshŷthan
Führe mein Schwert
Geleite meine Gedanken

Tanze ich deinen Tanz
Den Tanz des Todes ...
Åshŷthan ... Åshŷthan ... Åshŷthan ...
Erfülle mich mit feuriger Glut

Mythen der Elben

Telarijos, der große Krieger unseres Stammes kämpfte einst gegen die dunkle Macht. In der Stunde seiner größten Not rief er *Åshŷthan* und ihm wurde Hilfe zuteil.
Doch seid gewahr, dies nur zu tun, wenn in euch jeglicher Funke auf Hoffnung erloschen ist …
Denn es hat seinen Preis …

* * *

… und *Åshŷthan* gab uns ein Geschenk … die geflügelten Elbenpferde. Geleitet durch die Kraft unserer Gedanken werden sie uns treu begleiten. Doch sei dies nur den stärksten unter den Kriegern vorbehalten …

* * *

Anhang V
Kreaturen auf Arosh Thar

Die Inselwelt von Arosh Thar bietet mit ihren tiefen Wäldern, schlammigen Sümpfen, dem ewig von Schnee bedeckten Caspira-Gebirge, der Wüste Astoshsur, den zahlreichen schillernden Seen und Flüssen und nicht zuletzt dem weiten Ozean, der die Insel umgibt, Heimat für zahlreiche Kreaturen.

Viele haben sich die Aroshi zu Nutze gemacht und gezähmt. So zum Beispiel die stolzen Pferde, die einst auf den Steppen grasten, und nun als Reit- und Lasttiere dem Menschen dienstbar sind; das Arosh-Rind, welches sich von dem rauen Delshgras ernährt und den Inselbewohnern Milch, Fleisch, Horn und Leder liefert. Im Norden findet man zahme Grombs, Wildschweine, die in Pferchen gehalten werden und deren Fleisch vorzüglich mundet. Auch Rillocks, zahme Wildschafe, sind mitunter auf dem einen oder anderen Gehöft zu finden. Dann gibt es

Billchen, kleine Mardertiere, die sich auf dem Land als Mäusefänger großer Beliebtheit erfreuen, aber auch vom feinen Volk zur Jagd gehalten werden. Für Jagdzwecke hoch gerühmt ist die Jagdfalken-Zucht der Könige von Arosh. Im tiefen Süden findet man Trimedare, die kamelartigen Reittiere der Muhabib. Sie haben drei Höcker und bieten Platz für ein Reiterpaar. Auch in der Wildnis hausen zahlreiche, mitunter sehr gefährliche

Kreaturen.

So findet man im Ozean der vier Winde, in dem Arosh Thar liegt, die tödlichen Kofferquallen. Obwohl sie kleiner als einen Fuß sind, ist das Gift ihrer Fangarme tödlich. Auch Haie und die große Seeschlange wurden schon an den Küsten Arosh Thars gesichtet. Bisweilen zeigt sich sogar der eine oder andere Narwal, dessen Horn wegen seiner entgiftenden Wirkung geschätzt wird. Dieses „Einhorn der Meere" wird aber von den Seeleuten nicht gejagt, da dies großes Unheil für das Schiff bedeutet.

In den Flüssen und Seen tummelt sich ebenfalls zahlreiches Getier. Erwähnt seien hier die gefräßigen Piranhas, die man nur im Süden findet, der gefürchtete Frankenfisch, der kurze Strecken über Land robben kann und mitunter sogar Menschen anfällt, oder der Zitteraal, der seine Opfer mit heftigen Energieschlägen tötet. Im großen *Lake of the Dragons* nahe Dune, lebt die gefährliche Süßwasserschlange. Nur im Silver Lake, in den Caspira-Bergen nahe der Druidenstadt Vivol, findet sich eines der kuriosesten Tiere Arosh Thars, das Axolotl. Es hat sowohl Kiemen als auch Lungen, Grabfüsse und Flügel. Damit kann es in Erde, Wasser und Luft leben. Da es zudem noch kleine Feuerflammen speit und nahezu unsterblich ist, gilt es als heiliges Tier aller Druiden und ist wohl einer der Gründe, warum sich die Druiden gerade hier niedergelassen haben.

Auch auf dem Land muss sich der Reisende vor zahlreichen Kreaturen in Acht nehmen.

In den Wäldern hausen neben Tental (Reh), Tentor (Hirsch), Gromb (Wildschwein), Kirkrih (Wildhuhn) und Faran (Wildpferd) nämlich auch jede Menge gefährlicher Tiere, wie beispielsweise die Grauwölfe und die Ingrimms, kleine haarige Wesen, die sich auf den nichts ahnenden Wanderer stürzen und ihn in den Wahnsinn treiben. Aber auch freundliche Kreaturen, zumindest wenn man ihnen wohlgesonnen ist, beheimatet der Wald. Erwähnt seien hier die Dryaden (Baumgeister), das seltene Einhorn und die fast noch seltener anzutreffenden Schutzgeister des Waldes, die Grünen Männer. Auf den Baumwipfeln lebt auch der Flugfrosch, dessen Gift als lähmendes Pfeilgift geschätzt wird, der aber nur sehr schwer zu fangen ist.

In der Wüste Astoshsur finden sich nur wenige Lebewesen, die dem extremen Klima standhalten. Genannt seien hier die Sashars, echsenartige Gestalten, die für das Leben in der Wüste gemacht scheinen und die als Kinder des Feuergottes Firs gelten. Auch eine Sphinx von ungeheurer Weisheit soll sich in der Wüste verbergen. Schon manch ein verzweifelter Reisender hat sich auf die Suche nach ihr gemacht und man hat nie wieder etwas von ihm gehört. Auch auf giftige

Skorpione und mächtige Löwen trifft man am Rande der Wüstenregion. In den fast unzugänglichen Sümpfen im Nordosten der Insel leben die gefräßigen Kaimane. Irrlichter locken hier den todesmutigen Reisenden, seinen Weg zu verlassen.

Auch der Hornfrosch ist ein Wesen des Sumpfes, obwohl man ihn bisweilen auch in Teichen oder Flüssen antrifft. Das Lecken an der Haut des Hornfrosches führt zu angenehmen Halluzinationen, macht aber auf Dauer abhängig und krank.

In den flachen, steppenartigen Gebieten südlich der Caspira Berge leben die Zentauren, Pferde mit menschenähnlichem Oberkörper. Sie sind den Menschen zumeist feindlich gesonnen und man sollte ihre Nähe tunlichst meiden. Auch Kolonien der etwa fünf Finger großen Riesenameisen sind hier beheimatet. Zu ihrer Beute zählt unter anderem der Skambrak, ein kaninchenähnliches Tier, das beim Balzverhalten seine Ohren rot aufleuchten lässt. Auch die wohl gefährlichste landlebende Kreatur Arosh Thars, der riesige Mongolyth, war ursprünglich in der Steppe beheimatet. Er gilt heute jedoch zum Glück als ausgestorben, obwohl sich Gerüchte halten, die von der Sichtung eines Exemplars berichten.

Auch die Caspira Berge sind Lebensraum für einige ungewöhnliche Tierarten. So finden sich nur hier die lebenden Steine, fast bewegungsunfähige, große Kreaturen, die sich ihrer Umgebung  vortrefflich angepasst haben und so auf Beute lauern. Auch die mit einem halben Fuß Länge größte Spinnenart Arosh Thars, die Trichterspinne, ist in den Bergen beheimatet. Ebenso finden sich die rauhäutigen Trolle nur in den Tälern des Gebirges.

Auch in den Tiefen unter der Erde hausen bemerkenswerte Kreaturen, wie der weniger als fingergroße Wimmel, der in Massen auftritt und sich zu erbsengroßen, harten Kugeln zusammenrollen kann, die schon so manchen Reisenden zu Fall gebracht haben. Der Retorak gehört wie der Wimmel zur Familie der Asseln, ist aber mit seinen zwölf Schritt Länge bedeutend größer. In Acht nehmen sollte man sich auch vor den Guhlen, die sich von menschlichem Aas ernähren. Auch mit dem Lindwurm, einem schlangenähnlichen Verwandten der Drachen mit einer schrecklichen Fangzunge, ist nicht zu spassen. Dagegen erscheinen Olme, blinde Riesensalamander, die in unterirdischen Grotten leben, und Mole, große maulwurfartige Wesen, richtiggehend harmlos.

König der Luftkreaturen ist unzweifelhaft der Drache. Diese Reptile gibt es in zahlreichen Farben und Größen mit teilweise übermenschlicher Intelligenz. Es heißt, manche von ihnen seien sehr eng mit dem Königshaus von Arosh Thar verbunden.

Erwähnung verdient hier sicherlich auch der Kondor, der als einziger Vogel in der Lage ist, das Caspira Gebirge zu überfliegen. Er gilt als heiliges Tier der Luftgöttin Aeranore. Weiterhin wird der Himmel über Arosh Thar noch von Hippogreifen, Adlern und den Drurrh bevölkert. Drurrh sind schwarz schillernde Riesenvögel, auf denen – so heißt es – vorzeiten die Elben ritten, so wie sie es heute auf ihren geflügelten Pferden tun. Nachts ziehen eher düstere Kreaturen am Himmel, wie die blutsaugenden Fledermäuse und die gefräßigen Gargoylen.

Neben all den bislang aufgelisteten Kreaturen existieren noch zahlreiche magische Wesenheiten, bei denen es fraglich ist, ob man sie überhaupt in das Reich der Tiere einordnen soll. Da wären beispielsweise die Mithori, intelligente telepathisch begabte Wesen in der Gestalt schwarzer Panther, oder die Golems, durch Magie erschaffene Kreaturen aus Lehm oder Stein. Keine klare Gestalt hat der Gestaltenwandler, ein Wesen, das, wie sein Name schon sagt, sein Aussehen ändern kann. Von undefinierbarem Äußeren sind sicherlich auch die Dämonen. Es wurde von solchen berichtet, die schreckenerregend anzuschauen waren, aber es soll auch Exemplare geben, die in der harmlosen Gestalt kleiner Kinder auftreten.

Wer mehr über die Tierwelt auf Arosh Thar wissen möchte, dem sei das Begleitbuch „Arosh Thar – Buch der Kreaturen" von Boris Schneider anempfohlen, das 2005 erscheinen wird.

Informationen über das Land und die Bevölkerung in Arosh Thar

Größe
Tagesmärsche 16/8 (= 16 Stunden marschieren, 8 Stunden ruhen)
Nord/Südachse = 36.5
West/Ost = 33.5

Bevölkerung
Nach dem Großen Krieg
o ca. 301.800 Aroshi (120.000 männlich, 180.800 weiblich, 1.000 Kinder unter 6 Jahren)
o ca.10.000 Dwarfs (keine weitere Aufschlüsselung, die meisten haben sich in die harschen Caspira Berge zurückgezogen, die dadurch zu einem sehr gefährlichen Gebiet für die Horden des Dunkelfürsten wurden)
o ca. 50.000 Elben. Sie leben nun in den Wäldern um Boral und es wurden auch schon Späher im Norden um Dune gesehen
o keine Statistiken mehr über die Druiden. Der Dunkelfürst Shabath hat ein Ziel, 100 Druidenmeister zusammenzubekommen, damit sie ihm das Große Tor zu den Welten öffnen. Es heißt, er hält ungefähr 30 Druidenmeister in Dune im Verlies gefangen.
o Der Verbleib der Talashi ist unbekannt
o ca. 80-90 Mirok-Söldner (Rest wurde von Shabaths Horden niedergemetzelt)
Vor dem Großen Krieg, bei dem der Dunkelfürst Arosh überrannte, war es ein Reich mit königlicher Regierungsform, Viehzucht, Getreideanbau und lokalem Handwerk. Sehr begabte Handwerker wie Silberschmied, Eisenschmied und das Töpferhandwerk waren weit verbreitet. Arosh trieb regen Handel mit mehreren anderen Königreichen (**Talash, Mirok, Ghanel und Brosh**, die aber ihre Grenzen durch Soldaten und Magier verschlossen haben, als der Dunkelfürst Arosh Thar überrannte)

Unter Militärbesatzung der Macht des Dunkelfürsten Shabath ®.
Absolute Gesetzgebung durch die Truppenkommandierenden der jeweiligen Distrikte (6)

1. Distrikt = Arosh Thar Castle
(im Süden gelegene Hauptstadt mit ausgebauten Handelsstraßen nach Acceth im Osten und Dune im Norden. Handelsstraßen nach Tasorh im Südwesten, Boral im Westen zum Teil unpassierbar durch Erdrutsche und zerstörte Brücken, Wegelagerer und

Widerstandskämpfer)

2. Distrikt = Acceth

(im Osten gelegene Handelsstadt, berühmt durch ihre großartigen Waffenschmiede und das Töpferhandwerk. Nur noch durch eine strengbewachte Straße mit Arosh Thar Castle im Süden verbunden)

3. Distrikt = Tasorh

(kaum noch existierende Stadt im Südwesten des Landes. Einwohner wurden entweder getötet, verschleppt oder vertrieben. Erlangte vor dem Krieg Berühmtheit durch seine Gelehrten und Schreiber. Liegt nun überwiegend in Trümmern, die überlebenden Einwohner sind in die umliegenden Wälder von Boral geflüchtet, um den Horden des Dunkelfürsten zu entgehen und versuchen dort eine Widerstandsbewegung gegen die Besatzer zu organisieren)

4. Distrikt = Boral

(jeglicher Kontakt zu Boral ist abgebrochen, es kommen so gut wie keine brauchbaren Informationen. Nur ein Fußmarsch von Boral, weiter im Norden, liegt der Tempel der Götter von Arosh, wo Nyvien ihre Schulung erhielt)

5. Distrikt = Dune

(nördlichste Stadt, nun eine militärische Hochburg des Dunkelfürsten und seine Residenzstadt. Umgeben von hohen Stadtmauern galt sie immer als uneinnehmbar. Darum hat Leathan den Verdacht, dass jemand von Innen die großen Tore geöffnet haben musste.)

6. Distrikt = Vivol

(Region in den silbernen Bergen "Caspira", abgelegen und schwer erreichbar. Nur knapp drei Monate, von Juni bis August, sind die Pässe passierbar, um den Talkessel von Vivol zu erreichen.)

Gesetze

Beim geringsten Verstoß, Aburteilung zu Arbeitslager, Haft und/oder Hinrichtung durch ein dreiköpfiges Richterkonsortium, welches von jeweiligen Distriktkommandanten zusammengestellt wird.

o Hinrichtungen erfolgen entweder durch den Strang oder durch Verbrennen auf Scheiterhaufen

Verbot jeglicher früherer Glaubensgemeinschaften

o Die Hohepriesterinnen der Aroshi und der Vivol wurden gefangengenommen und in einem militärischen Schnellverfahren abgeurteilt und hingerichtet

Währung

Arbath (ein Arbath = 100 Foresh)
Durchschnittliches Monatseinkommen:
Nach dem Krieg: 100 Arbath:: 5 Falti-Fladen = 7 Arbath

Vegetation

Süden

Mittelmeerklima, weiche Winde, selbst im Winter kein Frost.

Anbau von:

Tabis-Frucht:

orangenähnliche Südfrucht, dessen Fruchtfleisch saftig und blau ist. Aus diesem Fruchtfleisch wird auch der **Tabari** gewonnen. Ein Wein, der in großen Eichenfässern zwei Jahre reift und dessen Wissen um die Herstellung von Generation zu Generation innerhalb der Winzerfamilien weitergegeben wurde. Sie wächst ausschließlich auf Bäumen, deren Rinde auch benutzt wird, um Entzündungen bei Verletzungen auszutreiben. Gerieben und als Tee, wirkt diese Rinde fiebersenkend.

Trull-Beeren:

Kleine dunkelgrüne, Oliven gleichenden Beeren, mit einem Zitronengeschmack. Wachsen an mannshohen Hecken, mit zwei bis drei Zentimeter langen Dornen

Kolock:

Kartoffelähnliche Frucht, die unter der Erde wächst und eigentlich Wurzeln sind. Die Kolock diente neben dem Falti-Brot als Nahrungsgrundlage der Aroshi. Die Rinde ist schwarzbraun, das Innere weiß/beige. Roh ist sie giftig, kann nur in gekochtem Zustand gegessen werden. Ihre Rhabarbergroßen, weiß-gespreckelten Blätter werden gerne als Wundverband benutzt, da sie für ihre antiseptische Wirkung bekannt sind. Wildwachsende Kolock, deren Blätter und Wurzeln kleiner sind, findet man häufig am Waldrand, an schattigen, feuchten Plätzen

Mittelland: Überwiegend Getreide

Krosh: (Roggenähnlich)

Falti: (Weizenähnlich) und

Moroc: (Roggenähnlich, wird nur in einer Beimischung von 1 zu 3 mit Falti verwendet, um Brotfladen zu backen, die einen nussartigen Geschmack haben)

Gemüseanbau

Filiol: (weißes Kraut), wird meist mit Falti-Fladen und Arosh-Steaks in den Tavernen den Reisenden serviert

Dakri: (weißer Mais) wird in einem Sud von Rindfleisch und Kräutern langsam gekocht und zusammen mit Tental-Geschnetzeltem, gilt es als Delikatesse unter der Bevölkerung von Arosh

Arankh: (rotes Kraut, ähnlich dem Sauerkraut) wird an Festtagen serviert.

Tierwelt (wild)

Tental: Reh   **Tentor**: Hirsch
Gromb: Wildschwein   **Trillab**: Fasan
Rillock: Wildschaf, wird auch zur Schafzucht verwendet
Kirkrih: Huhn, welches als Wildhuhn weit verbreitet ist
Faran: Pferd; kleineres Wildpferd, ähnlich den Arabern, sehr ausdauernd und intelligent und sehr beliebt bei den Elbenamazonen, die vor dem Großen Krieg größere berittene Einheiten in den Reihen der Krieger unterhielten.

Das **Arosh-Rind** wird überwiegend im Norden gezüchtet, welches genug Nahrung an dem rauhen **Delshgras** findet, dessen Halme auch dazu benutzt werden, um Tragekörbe zu flechten, aber sehr scharfe Kanten haben, die eines Mannes Haut ohne Probleme aufritzen können.

Tag/Nachtrhythmus: 24 Stunden

Jahreszeiten
Regionen abhängig, jedoch vier Jahreszeiten, mit milden Sommern (außer im Süden und in der **Tha-Wüste**), Schnee und Eis in allen Bereichen des Landes außer im Süden, mit Temperaturen bis zu -35°C (Caspira-Bergen bis zu -60°C in klaren Winternächten)
Mehr Informationen: http://www.arosh-thar.com

Weitere Bücher der „Arosh Thar" Reihe

Band VI

Über den Dächern von Marath
Marc Hill

ISBN: 0-974-97224-X

Jetzt im Buchhandel und online

Leseprobe   Band VI

Leathan und Thismondi huschten in eine finstere Gasse und drückten sich hinter einem Stapel verrotteter Holzkisten an die Wand. Es war bereits nach Mitternacht und eigentlich hätte es dunkel sein müssen. Doch über Marath lag ein kaltes, blaues Licht, das von magischen Flammen auf den Türmen der Burg genährt wurde. Seit der Besetzung durch Shabaths Soldaten, brannten diese Feuer und tauchten die ehemalige Handelsstadt nachts in ein immerwährendes Dämmerlicht ein.

Fernab der Festung, im verfallenen Hafenviertel am Fluss, war von dem Licht allerdings nur noch ein schaler Schein übrig. Doch dieser reichte aus, um die Nebelschwaden, die vom Fluss her durch die Ritzen der Ruinen zogen, in hungrige, opfersuchende Geister zu verwandeln.

"Der Schuppen dort drüben müsste es sein", flüsterte Leathan und deutete auf die andere Seite der breiten Hafenstraße.

Thismondi blickte an seinem breitschultrigen Freund vorbei und suchte die Reihe der verfallenen Hafengebäude ab, die sich dem Fluss entlang aufreihten. Bei einigen erinnerten nur noch die Grundmauern und das Skelett des Daches daran, welchem Zweck es früher einmal diente.

„Schuppen?", fragte er leise. „Ich sehe kein Gebäude, das diesen Namen auch nur annähernd verdienen würde."

„Nicht jeder versteht zwangsläufig das Gleiche unter dieser Bezeichnung", gab Leathan zu bedenken. „Legaeldan sagte, dass Zirithan uns in einem Lagerschuppen am Fluss mit mannshohen Mauern und einem hölzernen Spitzdach erwarten würde. Und davon gibt es hier nur einen."

„Ach, du meinst die feine Adresse mit dem malerischen Blick auf den Fluss. Die habe ich ja ganz übersehen. Ob ich mich genügend anstrengen kann, um Zirithan um sein Domizil zu beneiden?"

„Hier wohnt er doch nicht!", entgegnete ihm Leathan gereizt. „Wir treffen ihn nur hier!"

„Und warum lädt er uns nicht einfach zu sich nach Hause ein?"

„Warum fängst du schon wieder damit an? Wir waren uns doch einig, dass es völlig egal ist, wo wir ihn treffen. Hauptsache wir erhalten die Informationen über die Burg."

„Du meinst: DU warst mit DIR einig!"

Leathan verdrehte die Augen. Normalerweise waren Thismondi und er einer Meinung. Doch diesmal kamen sie auf keinen grünen Zweig. Seit Legaeldan ihnen von Zirithan erzählt hatte, hatte sein Elbenfreund sich gegen dieses Treffen gestellt.

„Überleg doch mal", begann er ein weiteres Mal. „Wenn wir Shabaths Soldaten hier aus Marath vertreiben könnten, dann hätten wir einen wichtigen Stützpunkt außerhalb von Boral ... "

„... und ein logistisches Problem weniger", zitierte Thismondi monoton, „weil Marath zentral am Fusse des Caspira Gebirges liegt, und bla bla bla. Ich kenne deine Argumente. Und ich widerspreche dir da ja auch nicht. Trotzdem habe ich ein ungutes Gefühl dabei. Wer ist dieser Zirithan? Warum kennt ihn keiner von uns? Ist er vertrauenswürdig? Und warum müssen wir uns ausgerechnet hier in dieser *exklusiven* Gegend mit ihm treffen? Das einzige was hier nachts herumläuft sind Ratten und dabei sollte es auch bleiben. Es müsste doch auch woanders ... "

„*Das* hast du *mir* wiederum schon hundertmal Mal erzählt. Warum gehen wir nicht einfach hinein und fragen Zirithan höchst persönlich danach?"

„Weil ich ihm misstraue."

„Ich kenne Legaeldan schon seit Jahren und auf ihn ist Verlass. Seine Hinweise hatten bisher immer Hand und Fuß."

„Ich bezweifle nicht Legaeldans Loyalität. Sondern ich habe ein Problem mit Zirithan. Ich kann ihn nicht einschätzen."

„Warum bist du eigentlich mit gekommen, wenn du dich so dagegen wehrst?"

"Jemand muss doch auf dich aufpassen." Es entstand eine kurze Pause. Dann fuhr Thismondi fort: „Was hältst du davon, wenn wir durch die Hintertür hinein gehen?"

„Wenn du dich dabei besser fühlst."

Leathan hielt diese Vorsichtsmaßnahme für übertrieben. Doch er nahm das ungute Gefühl seines Freundes auch nicht auf die leichte Schulter. Thismondis Vorahnungen hatten sich meist in irgendeiner Weise als gerechtfertigt heraus gestellt. Aber was konnte hier schief gehen? Das Schlimmste, was passieren konnte, war, dass jemand sie verraten hatte und dass dies hier eine Falle war. In diesem Fall war das Gebäude am Fluss allerdings von Vorteil. Sie hatten jederzeit die Möglichkeit, ins Wasser zu fliehen. Kaum jemand, und Shabaths Truppen zählte er dazu, wusste, dass es für sie kein Problem darstellte, mit ihren Waffen zu schwimmen. Warum verstand der Elbe nicht, welchen Vorteil sie daraus ziehen konnten. Es ging um die Grundrisse der Burg. War es dieses Risiko nicht wert?

Leathan ließ seinen Blick über die Lagerhäuser gleiten und suchte eine Möglichkeit, ungesehen an den Fluss zu kommen. Er brauchte eine Weile, um eine geeignete Stelle zu finden, denn die Nebelschwaden wurden immer größer und dichter.

„Dort drüben scheint zwischen den Gebäuden ein schmaler Weg zu sein", überlegte er laut. „Wenn die Ruinen noch nicht komplett eingefallen sind, dann kommen wir dort zum Fluss. Außerdem brauchen wir dann an der Rückseite nur an *einem* Gebäude vorbei."

„Und wir laufen nicht mit wehenden Fahnen in das Nest von ausgehungerten Wölfen, sondern schleichen mit dem Wind an. Das ist zumindest besser als gar nichts."

Leathan verkniff sich eine Antwort und blickte sich nach allen Seiten um. Dann stahl er sich auf die Hafenstraße und lief im Schatten der Häuser in Richtung Burg. Thismondi folgte ihm dabei dicht auf den Fersen. Als sie weit genug von dem Lagerhaus entfernt waren, überquerten sie in einer Nebelschwade die Straße und liefen zurück. Leise huschten sie in den Spalt, den Leathan zwischen den Gebäuden ausgemacht hatte, hinein. Der Abstand zwischen den Häusern war gerade mal eine Armlänge breit und mit allerlei Unrat gefüllt. Doch er war begehbar. So leise wie möglich kämpften sie sich über zerbrochene Fässer und an herabgestürzten Balken vorbei. Hin und wieder floh eine Ratte vor ihnen und ließ sie für einen Moment aufhorchen.

„Wie konnte diese Stadt nur in so kurzer Zeit so verfallen?", schimpfte Thismondi leise vor sich hin und duckte sich, um unter einem Balken hindurch zu schlüpfen. „Vor Jahren war Marath doch noch eine blühende Stadt und der Hafen war ihre Lebensader. Und jetzt stiefeln wir knietief im Dreck!"

Leathan musste lächeln. Früher war Marath tatsächlich eine schöne Stadt gewesen. Die Burg thronte auf einer vorstehenden Terrasse der fast senkrechten Abhänge des Caspira Gebirges über der Stadt. Mehrere Pfeilschüsse rechts davon entfernt hatte sich der Fluss ein tiefes, unwegsames Tal in das Felsmassiv gegraben. Von dort aus zog er in einem immer größer werdendem Halbbogen um die Burg herum. Und hier wurde der reissende Strom auch zum gezähmten Fluss, der sich bis zum weit entfernten Arosh Thar dahin schlängelte. Das gemeine Volk hatte sich halbkreisförmig auf dem ebenen Feld zwischen Burg und Fluss niedergelassen und als das nicht mehr ausreichte, begann man auch das andere Ufer zu bevölkern. Doch hier war das Bauland begrenzt, denn dort stieg es schnell steil an.

Innerhalb kürzester Zeit hatte sich die Stadt zum Handelszentrum entwickelt, in dem das Erz aus den Bergen auf Schiffe umgeladen wurde. Als die Straße von Boral nach Arosh Thar Castle jedoch fertig gestellt war, verlor sie ihre Bedeutung. Nur noch die weitläufigen Getreidefelder und die Viehwirtschaft sorgten dafür, dass der Handel nicht vollständig zusammen brach.

„Die Schönheit vergeht mit den Jahren, mein Freund", gab Leathan zurück. „Der Bau der Straße liegt nun auch schon Jahrzehnte zurück. Und seit Shabaths Soldaten hier sind, hat sich der Handel vollständig erledigt."

„Es ist einfach erschreckend, wie schnell eine Handelsmetropole sterben kann."

„Wir versuchen doch gerade das zu verhindern"

„Dann lass uns mal hoffen, dass dieser Versuch nicht das Letzte sein wird, was wir in unserem Leben tun."

Sie erreichten das Ende des Weges. Zu beiden Seiten liefen die rauen Steinmauern noch über eine Mannslänge in den Fluss hinein. Doch trockenen Fußes kam man hier nicht mehr weiter. Leathan prüfte mit einem Holzstab die Tiefe des Wassers und grummelte unbefriedigt. Das Ufer fiel steil ab und der Boden schien auch ziemlich schlammig zu sein. Wenn sie hier weiter wollten, mussten sie sich etwas anderes ausdenken.

Er spreizte sich mit allen Vieren zwischen die beiden rauen Mauern ein und arbeitete sich breitbeinig bis zur Flussseite der Gebäude vor. Dort prüfte er zunächst vorsichtig den Steg, der früher den Schiffen als Anlegestelle gedient hatte. Dann suchte er nach einem festen Halt. Doch das erwies sich als schwierig, weil der Steg im Finstern lag und der Krieger im dichten Nebel kaum seine Füße sah. Außerdem war das Holz morsch und nur die Verstrebungen hielten noch seinem Gewicht stand. Aber er fand einen sicheren Stand und half dann Thismondi auf den Steg. Nun tastete sich Leathan vorsichtig mit seinem Fuß weiter. Als er glaubte, ein stabiles Brett gefunden zu haben, verlagerte er langsam sein Gleichgewicht darauf.

Plötzlich gab das Holz nach. Hastig griff er nach einem vorstehenden Balken. Doch dieser zerbröselte unter seinen Fingern. Er versuchte sich an den rauen Steinen der Wand festzukrallen. Doch dort rutschte er ab. Gerade noch rechtzeitig packte Thismondi seinen Freund von hinten und zog ihn zurück.

„Unsere Freunde werden nicht besonders erfreut sein, wenn du vorher noch ein Bad nimmst", flüsterte der Elbe. „Lass mich vorangehen."

Thismondi schob sich an Leathan vorbei und griff nach einem Eisenhaken, der hinter dem Balken zum Vorschein gekommen war. Er streckte sein Bein aus und tastete nach der nächsten unterstützten Stelle des Steges. Vorsichtig zog er sich hinüber und arbeitete sich Stück für Stück zum ehemaligen Tor des Lagerschuppens weiter. Dort drehte er sich um und half Leathan. Mit äußerster Vorsicht kletterten sie weiter. Nach einigen Mühen erreichten sie endlich den Steg des Nachbargebäudes.

Hier waren die Bretter völlig in Ordnung. Und sie hielten auch Thismondis vorsichtigem Wippen stand. Schulterzuckend sahen sie sich an und schlichen dann zu dem kleinen Fenster neben der Tür. Obwohl die Scheibe zerbrochen war, konnten sie nichts erkennen. Ein Fass versperrte ihnen die Sicht und drinnen war es noch dunkler als draußen im Schatten der magischen Feuer.

Einen Moment lang lauschten sie. Nichts Ungewöhnliches drang an ihr Ohr. Leathan tippte seinem Freund auf die Schulter und gab ihm zu verstehen, dass er jetzt hinein gehen würde. Dann drückte er die Tür einen Spalt auf. Erstaunlicherweise gab diese keinen Laut von sich. Sie ließ sich geräuschlos öffnen. Verwundert sah Leathan seinen Freund an. Dieser zuckte unwissend mit seinen Schultern und forderte auf, weiter zu machen.

Der Krieger schob die Tür noch weiter auf und schlüpfte hinein. Thismondi folgte ihm und schloss die Tür wieder. Bewegungslos verharrten sie einen Moment, bis sich ihre Augen an die Dunkelheit gewöhnt hatten. Dann sahen sie sich um. Der Schuppen schien noch immer benutzt zu werden. Kisten, Säcke und Fässer stapelten sich an mehreren Stellen und hinderten die beiden daran, sich einen Überblick zu schaffen. Seile und andere Gegenstände hingen von der Decke herab und zwei Fischernetze spannten sich im Gebälk. *Wenn das ein geheimer Ort war,* dachte sich Leathan, *dann war er aber verdammt gut ausgestattet.*

Die beiden Gefährten schlichen lautlos zum nächsten Kistenstapel und lauschten. Nichts war zu hören. Als Leathan erneut tiefer in den Raum vordringen wollte, kam ein leises Hüsteln von der Seite, das von einem Räuspern über ihren Köpfen gefolgt wurde. Er spitzte seine Ohren und blickte nach oben. Über ihnen, versteckt zwischen den Netzen, saß ein Mann, der einen Bogen mit aufgelegtem Pfeil bereithielt. Und wenn Leathan es richtig interpretierte, dann zielte der Schütze direkt auf den Vordereingang. Nicht weit von ihm entfernt entdeckte der Krieger einen weiteren Bogenschützen. Leathan machte Thismondi darauf aufmerksam und dieser deutete auf den nächsten Balken. Auch dort befanden sich Schützen. Leathan griff an sein Schwert und zuckte zusammen. Der Knauf pochte wie verrückt. Die Fremden mussten also Shabaths Schergen sein. Thismondis Gefühl hatte sich also nicht getäuscht.

Es war eine Falle!

Folge der Veröffentlichungen

Band	Titel/Autor	ISBN
1	Arosh Thar, Caval oder der erste Sieg **Sven Liewert**	0-974-97220-7
2	Arosh Thar – Geburt des roten Drachens **J.K. Brandon**	0-974-97223-1
3	Arosh Thar – Elbendämmerung **J.R.-Kron**	0-974-97226-6
4	Arosh Thar – Die letzte Dienerin **Timo Bader**	0-974-97227-4
5	Arosh Thar – Aroshs Blatt **Boris Schneider**	1-933-14004-6
6	Arosh Thar – Über den Dächern von Marath **Marc Hill**	0-974-97224-X
7	Arosh Thar – Die Feinde warten schon! **Marc Hill**	1-933-14006-2 Ende Jan. 05
8	Arosh Thar – Shoana **André Strzalka**	1-933-14007-0 Ende Feb. 05
9	Arosh Thar – Shoana und der Mongolyth **André Strzalka**	1-933-14008-9 Ende Mar. 05
10	Arosh Thar – Drachenflieger **Stephan Berger**	Ende Apr. 05

Printed in the United Kingdom
by Lightning Source UK Ltd.
104346UKS00002B/46